Pantherpoker

Buch 3
Gestaltwandler in Vegas

Anna Lowe

Inhaltsverzeichnis

Kapitel 1

„Karte", verkündete der junge Hochzeitsreisende mit dem billigen Anzug.

Hinter ihm blinkten Lichter auf, als eine Frau mittleren Alters an einem Spielautomaten drei gleiche Symbole in einer Reihe hatte und gewann... Natürlich nicht genug, um sich zur Ruhe zu setzen, aber genug für eine gute Geschichte, die sie von ihrer Reise nach Las Vegas mit nach Hause nehmen konnte.

Dex warf dem Hochzeitsreisenden einen langen, eindringlichen Blick zu. Der Typ hatte bereits drei Sechsen. Kannte er überhaupt die Regeln von Blackjack?

„Mit allem über einundzwanzig verlieren Sie, Sir. Ist Ihnen das bewusst?"

Der Frischvermählte schaute ausdruckslos drein, und Dex seufzte. Offensichtlich hatte der Mann keine Ahnung.

Was Dex als Croupier eigentlich egal sein könnte. Seine Aufgabe bestand darin, den Gewinn für das Casino zu maximieren. Dafür mussten die Karten – und das Geld – ständig fließen.

Aber verflixt. Die nervöse Braut, die über die Schulter des Bräutigams lugte, war genauso jung und ahnungslos wie er – und im achten Monat schwanger, wenn man nach dem Babybauch ging, der praktisch brüllte: *Ich bin unterwegs, Welt!* Die paar Hundert Dollar in Chips waren vermutlich alles, was die beiden besaßen, und Dex wollte verdammt sein, wenn sie es unter seiner Aufsicht verspielten.

Er bedachte den frischgebackenen Ehemann mit einem eindringlichen Blick.

Du bist an diesem Tisch fertig, Junge, übermittelte Dex mit seinen gelbbraunen, leuchtenden Gestaltwandleraugen. Gern hätte er gesagt: *Hör auf, solange du noch im Plus bist.* Allerdings müsste es eher heißen: *Hör auf, bevor du noch mehr verlierst.*

Mit anderen Worten, ein Befehl, kein Vorschlag.

Normalerweise genügte das. Menschen mochten keine Ahnung von Gestaltwandlern haben, dennoch waren die wenigsten so dumm, eine unmissverständliche Warnung eines Alphas zu missachten.

Nur hatte der Frischvermählte – schon wieder – nach unten auf seine Karten geblickt und den Wink daher nicht mitbekommen.

Dex verdrehte die Augen. Wie dumm konnte ein Mensch eigentlich sein?

Es gibt bessere Wege, Geld zu verdienen, Junge, hätte er gern gesagt.

Aber tja, das galt auch für ihn. Wie um alles in der Welt war er als Kartengeber in einem Casino in Las Vegas gelandet? Ein Panthergestaltwandler wie er sollte irgendwo in der Wildnis umherstreifen und frische Luft atmen.

Sein inneres Tier grummelte. *Vergiss es. Lass den Kerl verlieren.*

Aber da ihn der Gedanke an den Babybauch nicht losließ, knurrte er leise.

Der Frischvermählte sah sich um, als fragte er sich, woher das Geräusch stammte. Dann tippte er auf sein Blatt. „Karte, habe ich gesagt."

Dex geriet in Versuchung, ihm etwas völlig anderes als eine weitere Karte zu geben.

Er nahm einen neuen Anlauf mit einem vielsagenden Blick, der sich diesmal sengend direkt in die Augen des Jungen bohrte.

„Äh... vergessen Sie es. Ich hab's mir anders überlegt." Der Flitterwöchler schrak zurück.

Dex unterdrückte ein Schnauben. Dabei war es nicht mal sein mächtigster Blick gewesen – nur so viel, wie er angesichts der Sicherheitsleute und der Kameras um ihn herum auszupacken wagte. Ein Monat war vergangen, seit sein Freund Tanner an genau diesem Tisch den Gewinn des Jahrzehnts abgesahnt hatte – zwei Millionen Dollar und einen sogar noch wertvolleren Diamanten.

Hatte Dex seinem Freund dabei geholfen, die Sache abzuziehen? Verdammt, ja. Seinen Anteil – eine satte Million in bar – hatte er an einem sicheren Ort versteckt.

Würde er es je zugeben? Auf keinen Fall. Jedenfalls nicht gegenüber der Bande blutrünstiger Vampire, die das Casino betrieben. Sie sollten ruhig glauben, dass Tanner und seine Gefährtin Karen allein gehandelt hatten, wie eine bereits abgeschlossene Untersuchung des Falls ergeben hatte.

Allerdings waren Vampire argwöhnische Gesellen. Deshalb wurde Dex' Tisch seither verstärkt beobachtet.

Mit einem Blick in einen der zahlreichen Spiegel an den Wänden vergewisserte sich Dex, dass sein Gesichtsausdruck so nüchtern und gelassen wie immer wirkte. Dass er ein Panther war, half dabei – auch wenn man ihm seine animalische Seite nur am kraftvollen Körperbau anmerkte. Er sah wie üblich aus – kurzer Bürstenhaarschnitt, ebenso kurz gestutzter Bart mit klaren Konturen zur Betonung seiner dunklen Haut. Seine schwarze Fliege übertrug den Look auf seine Arbeitskleidung – frisch gebügeltes weißes Hemd, schwarze Weste, schwarze Hose. Mit anderen Worten, nicht zu verachten und in keiner Weise verdächtig.

Hoffte er jedenfalls.

Er wusste, dass jeder andere Croupier längst gefeuert worden wäre, ob schuldig oder nicht – oder schlimmer noch, an Vampire verfüttert, die ihn bis auf den letzten Tropfen ausgesaugt hätten. Aber Dex galt als bester Croupier des Casinos, und das war sein Trumpf. Wenn auch ein abgenutzter Trumpf, den er schon zu oft ausgespielt hatte, wie er zugeben musste. Mit anderen Worten, er musste sich vorsehen, wenn er am Leben bleiben wollte.

„Oh!" Bob, ein Stammgast, sah demonstrativ auf die Armbanduhr. „Es ist fast Zeit für den Flatrate-Brunch im *Bloody Mary's* für zwei zum Preis von einem."

Die Augen der jungen Braut leuchteten auf, und sie zupfte am Ärmel ihres Liebsten. „Mach hier fertig, Schatz. Das klingt zu gut, um es zu verpassen."

Bob zwinkerte Dex zu – eine Mimik, die bestimmt von den Überwachungskameras erfasst werden würde. Aber als Igelgestaltwandler hatte Bob nichts zu befürchten. Weil es Vampire nicht vorbei an seinen Stacheln schafften. Dex hingegen...

Sieh dich lieber vor, brummte Dex im Kopf seines Freunds.

Bob grinste so, dass er mehr denn je wie Danny DeVito aussah. Klein, ein bisschen rundlich, listig. *Ich achte darauf, die nächsten paar Runden zu verlieren.*

Dex sagte die Runde an, und alle lehnten sich seufzend zurück. Eine Frau übertraf das Blatt des Croupiers, das sich auf zwanzig belief, alle anderen hingegen verloren.

„He!", platzte der Frischvermählte heraus, als Dex nach seinen Chips griff. „Drei Sechsen sind doch ein Drilling, oder?"

„Falsches Spiel, Sir." Dex zeigte zu den Pokertischen. „Versuchen Sie es das nächste Mal dort."

Bob zeigte auf seine Armbanduhr. „Wissen Sie, nur die ersten zwanzig Gäste bekommen das Angebot, zu zweit zum Preis von einer Person zu essen."

Die junge Braut packte ihren Schatz am Kragen und marschierte mit ihm zum Restaurant los, wo prompt eine Gazellengestaltwandlerin angetanzt kam, um sie zu begrüßen.

„Willkommen im *Bloody Mary's!* Ein Tisch für zwei?"

Also puh. Wenigstens diesem glücklichen Paar blieben weitere Verluste erspart – vorerst.

Und was ist mit dir? murmelte Bob in Dex' Gedanken. *Solltest du nicht auch längst weg sein?*

Dex verzog keine Miene, während er die nächste Runde austeilte. *Nur ein Schuldiger rennt weg, und ich habe nichts zu verbergen.*

Abgesehen von dieser Million in bar, besagte Bobs belustigte Miene.

Zum Glück konnte sich Dex bei einem Igel darauf verlassen, dass er ein Geheimnis bewahrte.

Das Geschäft ging schleppend. Die nächsten paar Runden liefen als einfache Routine ab. So einfach, dass Dex' die Gedanken um die Million und darum kreisen lassen könnte, was er als reicher Mann damit anstellen wollte.

Nur kreisten seine Gedanken nicht darum. Stattdessen hielten sie ihm das Bild der Frau vor Augen, die er liebte.

Dakota, brummte sein Panther und träumte von der Fülle der Sommersprossen, die ihre sonnengebräunten Wangen zierten. Wie viele Küsse wären nötig, um jede einzelne davon zu berühren?

Mit einer Willensanstrengung richtete Dex die Gedanken auf ein weniger kompliziertes Thema – sein Geld. Was stellte man mit einer Million Dollar an?

Als Erstes waren ihm ein neues Auto, ein schönes Haus und endlich ein stilvolles Leben in den Sinn gekommen. Vielleicht irgendwo in Florida mit Blick auf einen Fluss.

Sein zweiter Gedanke war gewesen, sich von Tanners verrücktem Plan und dem dadurch zu erwartenden Ärger fernzuhalten. Und verdammt, er hatte recht gehabt.

Hätte sich doch nur nicht sein innerer Engel mit der Idee eingemischt, das Geld der Stiftung seiner Schwester zur Rettung der Panther Floridas zu spenden. Je mehr Zeit verging, desto besser gefiel ihm die Idee. Dex war immer bis zu einem gewissen Grad ein Herumtreiber gewesen und fand das in Ordnung. Aber etwas zu bewirken – *wirklich* etwas zu bewirken –, vor allem bei einer guten Sache für seine entfernte Pantherverwandtschaft... dem konnte er nicht widerstehen.

Blieb jedoch die Tatsache, dass beide Pläne bedeutungslos wären, wenn er die nächsten Wochen nicht überlebte. Nur eine falsche Handlung, und er könnte am falschen Ende eines Strohhalms enden, durch den Blut gesaugt wurde. Sein Blut.

Ein Schauder lief ihm über den Rücken.

Das führte ihn zu Plan C – Las Vegas lebend zu verlassen. Vorzugsweise mit dem Geld, aber im schlimmsten Fall... Na ja, einfach nur lebend.

Wie üblich hatte sein Panther einen besseren Plan.

Lebend UND mit dem Geld für die Stiftung UND mit meiner Gefährtin.

Mit anderen Worten, ein gieriger Mistkerl.

Aber allein der Gedanke an Letzteres brachte seine Seele zum Jauchzen.

Dakota... Dakota...

Allein ihr Namen auf der Zunge brachte Schmetterlinge in seinem Bauch zum Flattern, und die Erinnerung an ihre letzte gemeinsame knisternde Nacht versetzte sein Blut in Wallung.

Dakota mochte menschlich sein und nicht wissen, dass er ein Gestaltwandler war, trotzdem war sie seine Gefährtin. Bei ihrer ersten Begegnung war er erstarrt, und sein Mund war aufgeklappt. Sein Herz hatte in einem völlig neuen Takt geklopft – einem beschwingten, jazzigen, der ihm verriet, dass ein Leben mit ihr eine lange, wunderschöne Improvisation voller Freuden und Belohnungen sein würde.

Hätte er das nur schon damals geahnt. Erst jetzt, da ihm drohte, sie zu verlieren, verstand er, was der neue, schwungvolle Rhythmus seines Herzens bedeutete.

Sie ist unser Schicksal. Unsere Zukunft. Unser alles, brummte sein Panther.

Wahre Liebe, pflichtete er dem Tier bei. Die Art, die nie verblasste und nie Bedauern hervorrief.

Er runzelte die Stirn. Dex bereut nichts – außer, dass er erst verspätet begriffen hatte, wie viel sie ihm bedeutete. Zu spät?

Eine Bewegung erregte seine Aufmerksamkeit – von einem der beiden Sicherheitsleute, die seinen Tisch beobachteten. Dex' Magen krampfte sich zusammen. Ein Kerl mit langem, zurückgegeltem Haar, Sonnenbrille und so blasser Haut, dass sie praktisch durchscheinend wirkte.

Vampir.

Innerlich fluchend spähte Dex zum zweiten Wachmann, einem Bärengestaltwandler. Der fast genauso schlimm war, denn Bären besaßen die besten Nasen der Welt, und dieser Typ meldete penibel jede Kleinigkeit. Wenn er irgendwie Dakotas Restgeruch witterte...

Galle stieg Dex in die Kehle. Die Vampire könnten – und würden – Dakota als ihren Trumpf benutzen.

Er konnte sich lebhaft vorstellen, wie er ins Chefbüro gerufen werden würde. Dort würde Igor Schiller die langen, spitzen Fänge aufblitzen lassen.

Vielleicht sollten wir den bedauerlichen Vorfall vom letzten Monat noch einmal durchgehen. Gibt es noch irgendetwas, das du über diesen Tag erzählen möchtest? Wäre doch scha-de, wenn eine gewisse Miss Starr ein unerfreuliches Schicksal erleidet, meinst du nicht auch?

Dex knirschte mit den Zähnen. Er musste Dakota aus der Sache raushalten. Selbst wenn er sie dadurch verlieren würde, er durfte kein Risiko eingehen.

Ein Dutzend Messer bohrten sich in sein Herz und drehten sich gleichzeitig. Bislang war es ihm gelungen, sie drei Wochen lang nicht zu sehen. Und ihr auch nicht zu texten, denn die Vampire konnten seine Anrufe und Nachrichten zurückverfolgen. Wer wusste, was sie mittlerweile von ihm dachte?

Das Kartenspiel, das er gerade mischte, wäre ihm um ein Haar aus der Hand geflogen, und er fluchte innerlich. Aber er musste an seinem Plan festhalten, ganz gleich, wie sehr es schmerzte. Egal, wie viele Stunden er jede Nacht an die Decke starrte und sich nach seiner Gefährtin sehnte oder wie langsam die Minuten seines hohlen, einsamen Lebens vergingen. Er musste an ihre Sicherheit denken.

Sein Panther jaulte. *Wir können nicht ohne unsere Gefährtin leben.*

Als er die nächste Runde austeilte, deckte eine Frau am Tisch ihre erste Karte auf, die Herzdame.

Bei der nächsten handelte es sich um das Pik-Ass – Dex' Glückskarte. Seine Hoffnung stieg. Wenig später jedoch erschien ein Herzkönig – der selbstmörderische König mit einem Schwert durch den Kopf. Dex runzelte die Stirn. Ein Omen?

Er verdrängte den Gedanken. Mit etwas Glück könnte er eine Weile unter dem Radar bleiben, dann die Vampire abschütteln und seine Gefährtin wiedersehen.

Aber wann? Wo? Und wie? Dakota hatte vor, Las Vegas bald zu verlassen. Vielleicht hatte sie es bereits getan.

Andererseits hatte niemand vor, sich lange in Las Vegas aufzuhalten, trotzdem blieben viele Leute jahrelang an dem Ort hängen. Wie Bob, der sich noch an die Zeit erinnerte, als der Großteil des Strip nur aus Wüste bestanden hatte.

Dex' Blutdruck stieg, als sich der Wachmann mit zielstrebigen Schritten näherte. Der Vampir tippte auf seine Armbanduhr, um anzuzeigen, dass es Zeit für eine Pause war. Dann wandte er sich den Gästen zu.

„Meine Damen und Herren, wir schließen den Tisch nach dieser Runde."

Dex ließ sein bestes Grinsen aufblitzen. „Anscheinend gewinnen Sie alle zu viel."

Alle lachten. Wer aufgepasst hatte, wusste jedoch, dass eher das Gegenteil zutraf. Aber tja, die Hoffnung starb zuletzt, sogar in der Stadt der Sünde.

Wenige Minuten später beendete Dex die Runde und erhob sich mit seiner üblichen Verbeugung.

„Meine Damen und Herren, es war mir ein Vergnügen. Genießen Sie Ihren Aufenthalt im *Scarlet Palace*." In Gedanken fügte Dex hinzu: *Oh, und halten Sie sich von Vampiren fern.*

Damit steuerte er zur Bar, die Randy hütete, der Einhorngestaltwandler, an diesem Tag in seinem besten Boy-George-Look. Zwinkernd fuhr er mit einer Hand an der Krempe seiner Melone entlang. „Was hältst du davon? Sei ehrlich."

Dex ließ sich seinen üblichen Drink im Dienst reichen, ein Ginger Ale. „Wäre ich, aber ich will dich nicht kränken."

Randy brach in Gelächter aus und klopfte Dex auf die Schulter. „Der war gut."

Damit wandte sich Randy einem anderen Gast zu und summte den Beginn eines Songs.

Eine Gruppe von Showgirls stöckelte auf der gegenüberliegenden Seite der Bar vorbei wie ein Schwarm aufgeregter Pfaue – oder woran auch immer diese fast anderthalb Meter hohen Neonfedern erinnern sollten.

„Hallöle, Dex", rief die junge Frau namens Crystal herüber. „Geht's dir gut, Schnuckel?"

Er erhob sein Glas. „Und ob. Was ist mit dir?"

„Könnte nicht besser sein, Süßer. Unterwegs zum ersten Auftritt heute."

Die Showgirls winkten und warfen ihm Küsse zu. Als sie vorbeizogen, bildeten die Federn eine nahezu durchgehende Wand. Merkwürdigerweise verspürte Dex eine plötzliche Anziehungskraft, die er nicht einzuordnen vermochte. Dann geriet eine der jungen Frauen auf ihren fünfzehn Zentimeter hohen Absätzen ins Wanken und ermöglichte ihm einen flüchtigen Blick zum Haupteingang.

Dex erstarrte.

Korrektur – äußerlich blieb er cool wie ein Eisblock. Innerlich jedoch schlug sein Herz schneller, und er glotzte hin. Das sollte – konnte – nicht sein.

Die Parade der Federn marschierte weiter, und er musste an sich halten, um sich nicht den Hals für einen zweiten Blick über, unter oder um die Showgirls herum zu verrenken. So sehr sehnte er sich nach einem weiteren Eindruck von dem sandblonden Haar und jenen klaren Augen.

Dakota? Hier?

Dakota! jubelte sein innerer Panther.

Endlich verzogen sich die Showgirls, und heiliger Bimbam – sie war es tatsächlich. Dakota. Kein Wunder, dass er ein Kribbeln verspürt hatte.

Ihr langes, glattes Haar schwang herum, als sie sich umsah – zielstrebig wie ein Cowgirl auf der Suche nach einem entlaufenen Stier. Ein ziemlich irritiertes, ungeduldiges Cowgirl, das klar und deutlich ausstrahlte: *Leg dich lieber nicht mit mir an.* Sie war groß, schlaksig und trug Jeans – nicht künstlich auf einen Vintage-Look getrimmt, sondern höchstpersönlich abgetragen. Dasselbe galt für die Stiefel – zweckmäßig, kein modisches Accessoire.

Ihre Nase glich einem hübschen kleinen Knopf – obwohl Dex nie gewagt hätte, es vor ihr so auszudrücken. Ihr stechender Blick wanderte über die Menge. Mit Augen einer faszinierenden Mischung aus Grün und Braun. Unberechenbar und doch unwiderstehlich, genau wie sie selbst.

Und kaum landete jener Blick auf Dex, öffnete sich ihr Mund einen Spalt, als verliefe ein stromführendes Kabel direkt zwischen ihrer beider Herzen.

Zing! Auch sein Körper erzitterte unter einer berauschenden Mischung von Liebe, Lust und Hoffnung, die er in den letzten Wochen so sehr vermisst hatte.

„Dakota", flüsterte er.

Dann krampfte sich sein Magen zusammen. Mist. Was machte sie hier?

Schnell schaute er weg, doch es war bereits zu spät. Richard, der Vampir, war seinem Blick gefolgt. Und schon fasste sich der Penner ans Ohr und murmelte etwas in sein Mikro.

Dex' Augen weiteten sich. Wenn Richard einen guten Blick auf Dakota geworfen hatte...

„Crystal! Brooke!" Er klopfte mit den Knöcheln auf den Tresen. „Wie wär's mit einer Runde Drinks auf mich? Etwas Gesundes für einen guten Start in den Arbeitstag." Er senkte die Stimme. „Mach schnell, Randy."

„Oh Dex!", säuselten die Showgirls, warfen ihm weitere Küsse zu und strömten zur Bar, wodurch sie Richard die Sicht zur Tür versperrten.

„Einen Ananas-Smoothie für mich", begann Crystal, bevor sich die anderen mit ihren Bestellungen anschlossen.

Dex bahnte sich den Weg um sie herum und betete, dass die Federn ihrer Kopfbedeckungen auch die Kameras an den Türen verdeckten.

„Dex, du Schnuckel." Ein anderes Showgirl klimperte mit den zentimeterlangen Wimpern. „Wie können wir uns je bei dir revanchieren?"

„Nicht nötig." Er eilte weiter.

Die gute Nachricht war, dass Dakota von den Showgirls fast vollständig so verdeckt wurde, dass man sie nicht mehr sehen konnte. Die schlechte lautete, dass Dex Mühe hatte, sich an ihnen vorbeizukämpfen, weil sie ihm etliche Küsse auf die Wange drückten und ihm an den Hintern fassten. Als er es schließlich zu Dakota schaffte, verschmierte Lippenstift sein Gesicht.

Dakota stemmte die Hände in die Hüften. „Schnuckel? Süßer?"

Er packte sie am Ellbogen und scheuchte sie zur Tür hinaus. „Ich schwöre, ich erkläre dir alles. Aber erst mal müssen wir hier weg."

Kapitel 2

Dakotas Füße kämpften um Halt, als Dex sie halb nach draußen schob und halb trug. Die blendende Sonne und die sengende Wüstenhitze schlugen ihr entgegen, dennoch fühlten sich ihre Wangen noch heißer an. Vor lauter Wut – vermischt mit Erregung. Denn verdammt noch mal, Dex tat es schon wieder. Er geilte sie auf wie eine läufige Katze.

„He!" Die Sohlen ihrer Stiefel schrammten über den Bürgersteig.

„Du darfst nicht hier sein." Dex scheuchte sie weiter.

Mit einem Ruck befreite sie ihren Arm. „Ich freu mich auch, dich zu sehen."

Er hob die Hände. „Ja, es ist schön, dich zu sehen. Nein, es ist spitze, dich zu sehen. Du hast mir so sehr gefehlt."

Seine Stimme wurde vor Sehnsucht brüchig, und sein Gesichtsausdruck veränderte sich. Neunundneunzig Prozent der Zeit wirkte Dex unvorstellbar *cool* und *erhaben*. Charismatisch, selbstbewusst, kompetent. Das restliche Prozent hatte sie bisher nur zu Gesicht bekommen, wenn sie allein gewesen waren. Und dieser winzige Bruchteil gliederte sich in unzählige Nuancen. Zum Beispiel das verträumte Flattern seiner Lider, wenn sie sich küssten. Oder das ausgelassene Lachen, wenn sie einen Witz riss. Oder die Bewunderung, die seine Wangen zum Schillern brachte, wenn sie im Bett lagen.

Aber all das nur unter vier Augen. Im Moment jedoch stand er am helllichten Tag da und strahlte so viel Besorgnis aus, dass sie beinah ein schlechtes Gewissen bekam.

Beinah. Aber verdammt. Nicht nach den letzten drei Wochen.

„Du hast mich so sehr vermisst, dass du seit Wochen weder angerufen noch eine Nachricht erwidert hast? So sehr, dass du mich zur Tür hinausbeförderst, kaum dass du mich gesehen hast?"

Verflixt noch mal, ihre Stimme wurde zunehmend schriller. Und jedes Mal, wenn sie ihn schubste, stolperte er zurück. Aber das verdiente er, der Arsch.

Oder doch nicht? Seine Lippen zuckten mit unausgesprochenen Worten, seine Augen flehten.

Bitte, Dakota. Bitte, hör mir zu, besagten diese Augen. Die an einen Herbstmond erinnerten – dunkel wie die Nacht, aber mit einem goldenen Schimmer.

Dann warf er einen Blick über die Schulter, fluchte und drängte sie weiter zur Straße.

„Ich erkläre es dir. Versprochen. Aber hier ist es nicht sicher."

Beinah hätte Dakota gelacht. Nichts in Vegas konnte man als sicher bezeichnen, sei es wegen von Menschen verursachten Problemen oder wegen der erbarmungslosen Wüstenhitze.

„Nicht sicher?" Sie schnaubte. „Ich bin schon von einem rasenden Auto auf ein anderes gesprungen. Ich habe ohne Sattel auf einem galoppierenden Pferd gestanden. Und ich habe aus fliegenden Hubschraubern gehangen. Belehr du mich nicht über Sicherheit."

„Das waren Stunts für Filme." Dex schleifte sie weiter. „Und glaub mir, ich bin dein größter Fan. Aber das hier ist real, Dakota. Echte Bösewichte halten sich nicht zurück."

Sie starrte ihn an. Dex wirkte tatsächlich... Nun ja, nicht verängstigt, weil er vor nichts Angst hatte. Eher... beunruhigt. So beunruhigt, dass sie auch über die Schulter blickte.

„In was bist du hineingeraten?"

Seine Züge wurden verkniffen. „In etwas, in das du nicht verwickelt werden sollst." Er schaute nach links und fluchte. „Kameras. Schnell – Bewegung."

Er drängte sie ins Gebüsch, das den Eingang des Casinos säumte. Als er innehielt und durch das Geäst spähte, tat Dakota es ihm gleich. War Dex verrückt? Oder trieb sich irgendwo in der Nähe wirklich ein Feind herum? Angesichts der rot gefärbten Springbrunnen, die vor dem *Scarlet Palace* sprudelten, ließ es sich schwer abschätzen.

Einige Augenblicke lang hockten sie Schulter an Schulter in dem beengten Raum zwischen den Büschen und der Außenmauer des Casinos. Dann legte Dakota ihm eine Hand auf den Arm.

„Dex...“

Sie wollte hinzufügen: *Sag mir, was hier los ist. Sofort.* Aber kaum begegneten sich ihre Blicke, schwoll ihr Herz an, und sie hörte Harfenklänge in den Ohren.

Was verrückt war. Die einzigen Männer, von denen sie sich umhauen ließ, waren ihre Stuntkollegen, wenn das Drehbuch es verlangte. Aber selbst dabei kam es oft vor, dass sie dem Mann mit einem gezielten Tritt die Kronjuwelen malträtierte oder auf ein Motorrad sprang und entkam.

Bei Dex hingegen... Bei ihm seufzten all ihre weiblichen Teile gleichzeitig auf, als hätte Amor ihr gerade seinen Liebespfeil ins Herz gejagt und ihr Schicksal besiegelt.

Genau wie bei ihrer ersten Begegnung. Die Zeit stand still, und in ihrem Kopf bimmelten tausend Glocken, als hätte sie den größten Jackpot aller Zeiten geknackt und stünde kurz davor, richtig abzusahnen. Vielleicht nicht an Geld, aber an Liebe. Genug für eine erfüllte, glückliche Zukunft, wenn sie nur auf den Ruf der Urinstinkte in ihren Adern hörte.

Sie flüsterten nämlich: *Dieser Mann ist der richtige.*

Dakota schluckte, und aus *Was zum Teufel ist los?* wäre beinah geworden: *Ich habe mir solche Sorgen um dich gemacht.*

Gut, dass ihr Stolz einsetzte, wodurch sie stattdessen fragte: „Was ist hier los?“

Damit zielte sie nur halb auf die Bedrohung ab, die Dex so beunruhigte. Der Rest bezog sich auf das Summen, das sie beide immer zu umgeben schien, wenn sie sich nahekamen. Auf den freudigen Chor, der in ihren Ohren sang, und auf den schier unwiderstehlichen Drang, sich an ihn zu schmiegen. Auf dieses ohnmächtige Gefühl, dass sich eine höhere Macht in ihr Leben einmischte – wenn auch auf gute Weise.

Als er die Hand auf ihre Wange legte, schloss sie die Augen und lehnte sich dagegen. Prompt tänzelten verträumte Bilder durch ihren Kopf – manche aus der Vergangenheit, manche von der Zukunft. Zum Beispiel von damals, als Dex und sie in einer kleinen Cowboy-Kneipe tanzen gewesen waren. Oder von dem Abend, an dem sie weit in die Wüste hinausgefahren waren, um den Sonnenuntergang zu beobachten. Oder vom ersten Morgen, an dem sie an seiner Seite aufgewacht war. Und vom letzten, der noch nicht allzu lange zurücklag.

„Dex…" Dakota zwang sich, die Augen zu öffnen, und betrachtete die perfekten Konturen seines ordentlich getrimmten Barts.

Er schüttelte sich, als hätte er sich kurz ebenso sehr in Tagträumen verloren wie sie. Dann sah er sich wieder um wie ein Soldat bei der letzten Schlacht von Alamo.

„Ich erkläre es dir. Fest versprochen. Aber zuerst musst du hier weg. Ich kann nicht zulassen, dass sie dich mit mir sehen."

„Wer?"

Sein Adamsapfel hüpfte. „Je mehr du weißt, desto gefährlicher ist es für dich."

Sie ballte die Hand vor seinem Gesicht zur Faust. „Und je weniger du mir erzählst, desto gefährlicher wird es für dich."

Seine Augen wurden groß, aber er zeigte mit dem Finger. „Schau. Da."

Dakota schirmte die Augen gegen die Sonne ab und erblickte drei Sicherheitsleute, die durch den Eingang des Casinos herausgerannt kamen. Sie sahen sich um und murmelten in die Mikrofone ihrer Funkkopfhörer.

Dakota wich ein paar Zentimeter weiter ins Gebüsch zurück. „Oha. Was hast du angestellt?"

Sie tastete eine seiner Taschen ab und rechnete halb damit, ein dickes Bündel Bargeld zu spüren. Fehlanzeige – nur sein am Gürtel befestigter Casinoausweis.

Er verzog das Gesicht. „Nichts. Na ja, nichts, was sie nicht verdient hätten."

Sie starrte ihn an.

„Keine Zeit für Erklärungen." Dex spannte die Muskeln an und wappnete sich dafür, loszuspringen. „Mach dich bereit. Das könnte deine Chance sein, zu entkommen."

Dakota schaute in die Richtung, in die er mit dem Kinn deutete, zu etwa einem Dutzend Demonstranten, die sich gerade vor dem Eingang des Casinos versammelten. Ganz in Weiß gekleidet wie eine hygienefanatische Sekte schwenkten sie große Schilder.

„Haltet die Blutsauger auf!", rief einer der Demonstranten.

Die anderen stimmten in den Ruf ein. „Haltet sie auf, bevor sie alle ausbluten."

Dakota starrte hin. Wow. Diese Leute schienen ja unheimlich besorgt über Gäste zu sein, die im Casino ihr sauer verdientes Geld verloren.

Die Sicherheitsleute erbleichten und plapperten eindringlich in ihre Mikrofone. Indes zückten Touristen ihre Handys, filmten das Spektakel und bildeten einen Menschenauflauf.

„Los! Los!" In tief geducktem Laufschritt schob Dex sie in Richtung der Straße.

„Haltet die Blutsauger auf!", rief ein Demonstrant.

„Weg mit dem blutroten Casino!", kam von einem anderen.

„Esst vegan!", steuerte ein Dritter bei.

Dakota schnaubte im Rennen. „Ziemlich breit gestreute Anliegen, findest du nicht auch?"

Dex' Blick verdüsterte sich, und sie vermeinte, ihn murmeln zu hören: „Wenn du nur wüsstest."

Aber sicher konnte sie sich nicht sein, weil der Tumult immer lauter wurde und Blattwerk gegen ihren Körper klatschte, als Dex sie durch eine weitere Hecke schob.

„Wie bist du hergekommen?", fragte er.

Dakota verzog das Gesicht. Wollte sie wirklich zugeben, dass sie einen weiteren Tag damit verbracht hatte, die Casinos nach dem verschollenen Geliebten zu durchkämmen, um den sie sich schier unerträglich gesorgt hatte?

Definitiv nicht.

„Äh... ich habe meinen Pick-up beim *Bellagio* abgestellt und bin von dort zu Fuß gegangen."

Dex sah erst sie an, bevor er den kilometerlangen Strip entlangblickte, über dem die Mittagshitze flimmerte.

Sie stemmte die Hände in die Hüften. „Was?"

In dem Moment rollte ein Stadtbus zu einer nahen Haltestelle, und Dex eilte mit ihr hin. „Nimm den Bus und verschwinde. Weit weg. Um fünf habe ich Feierabend. Dann komme ich zu dir. Versprochen."

Dakota ließ sich nicht so einfach abspeisen. „Was ist aus *gefährlich* geworden? Für dich, meine ich."

Dex schüttelte den Kopf. „Ich muss meine Schicht beenden, damit sie keinen Verdacht schöpfen. Dann achte ich darauf, dass ich auf dem Weg zu dir nicht verfolgt werde."

Hätte er nicht so verdammt ernst dreingeschaut, Dakota hätte ihn zur Rede gestellt. Die Bustüren öffneten sich zischend. Klimatisierte Luft wehte ihr ins Gesicht.

„Aber..."

Dex schob sie mit Nachdruck in das Fahrzeug.

„Ich komme später zu dir, ich schwöre es." Da er sich zwei Stufen unter ihr auf dem Bürgersteig befand, wirkte er wie ein Ritter, der auf den Knien ein Gelübde ablegte. „Sag mir wo und wann. Ich werde dort sein. Fest versprochen."

Nach kurzem Zögern knickte Dakota ein. „*Hot Shots.*" Als er verständnislos dreinschaute, fügte sie hinzu: „Der Schießstand. Kennst du ihn?"

„Ich finde ihn."

Sie verschränkte fest die Arme vor der Brust. „Sechs Uhr heute Abend. Komm nicht zu spät."

Dex öffnete den Mund zu einer Erwiderung, doch in dem Moment glitten die Türen zu. Dakota bekam nur noch ein knappes Nicken mit, als seine Lippen die Worte *Hot Shots* bildeten. *Um sechs.*

Kapitel 3

Noch nie hatten sich ein paar Stunden so lange hingezogen, bevor die Zeit abrupt wieder beschleunigte. Abends zog das Geschäft im *Hot Shots* immer an, und eine Verwechslung bei den Reservierungen half nicht gerade für einen ruhigen Ablauf.

Dakota fluchte. Warum hatte sie je einen halben Anteil an einem Schießstand als Bezahlung für einen Auftritt akzeptiert? Und verdammt, warum hatte sie zu Dex ausgerechnet um sechs Uhr gesagt?

Gut, beim Schießstand hatte sie eigentlich keine andere Wahl gehabt, weil die Filmproduktionsfirma, für die sie gearbeitet hatte, in die Pleite geschlittert war. Und was Dex anging...

Sie runzelte die Stirn. Vielleicht würde er ohnehin nicht auftauchen. Vielleicht *nie* wieder.

Bei dem Gedanken schmerzte ihr Herz genau wie in den letzten drei quälenden Wochen. Was Dakota doppelt irritierte, weil sie nie eine Frau gewesen war, die sich nach einem Mann sehnte. Nach keinem Mann.

Nur, dann war Dex aufgetaucht und hatte ihre Welt auf den Kopf gestellt.

„Äh, Dakota..." Wayne, einer ihrer Angestellten, trat verlegen von einem Bein aufs andere.

Sie konzentrierte sich wieder auf die Reservierungsliste. Die Junggesellenabschiedsgesellschaft behauptete steif und fest, sie hätte für sechs Uhr gebucht, obwohl sie acht Uhr eingetragen hatte. Mittlerweile war auch die Henderson-Gesellschaft eingetroffen.

Als Dakota aus ihrem Büro in den Eingangsbereich trat, erkannte sie auf Anhieb, welche Gruppe welche war. Die zehn

Kerle mit Wänsten, die allmählich den ausgebleichten Shirts ihrer ehemaligen Studentenverbindung entwuchsen, bildeten die Junggesellenabschiedsgesellschaft. Die sieben Frauen, die ihnen finstere Blicke zuwarfen, mussten das Paket *Sayonara, Baby* gebucht haben. Mit anderen Worten, eine Scheidungsparty.

Eine Frau mit strengem Haarschnitt und dazu passendem Gesichtsausdruck hob die Hand. „Wir waren zuerst hier."

„Jetzt chill mal, Lady", murmelte einer der Männer.

„Gott, du klingst wie mein Ex", herrschte sie ihn an.

„Der Arsch", steuerte eine ihrer Freundinnen bei.

Dakota trat vor. „Kein Problem. Hier lang, meine Damen. Habt ihr heute eigene Zielscheiben mitgebracht?"

Die erste Frau grinste und hielt eine Heiratsurkunde hoch. „Und ob."

„Ach, und das hier auch." Ihre Freundin überreichte ihr einen zusammengerollten Bogen Papier, fixiert mit einer riesigen rosa Schleife. „Das haben wir für dich gemacht, Violet."

Die Frau rollte es aus und kicherte vergnügt. „Oh, das ist perfekt."

Die Männer wichen bei dem Anblick zurück. Es handelte sich um ein Ganzkörperbild eines Mannes, offenbar mit Photoshop aus einem Hochzeitsfoto ausgeschnitten. Zweifellos Violets Ex – mit einer Zielscheibe mitten im Schritt.

Hinter den unangenehm berührten Junggesellen öffnete sich die Tür zum Eingangsbereich, und Dex huschte verstohlen wie ein Dieb herein. Ein ausgesprochen attraktiver, heißer Dieb. Der Dieb ihres Herzens?

Dakota pustete Luft nach oben aus. Gott, was hasste sie es, wie ihr Herz bei seinem Anblick Purzelbäume schlug. Seine Miene hellte sich auf, und als sich ihre Blicke begegneten, stand die Zeit still.

Gut, dass Wayne sie an der Stelle stupste.

„Äh... perfekt", versuchte sich Dakota zu erinnern, wo sie stehen geblieben war.

Und ob er perfekt ist, kam von einer inneren Stimme.

Andererseits hatte Violet wahrscheinlich einst dasselbe von ihrem Ex-Mann gedacht.

Dakota scheuchte die Scheidungsgesellschaft nach rechts. „Wayne, bereite für die Ladys alles vor."

Er nickte. „Ein rosa AK-47, kommt sofort. Oder möchten die Damen lieber mit der Glock anfangen?"

Violet schleuderte einen rachsüchtigen Blick auf das Foto ihres Ex-Mannes. „Beides."

Und schon zog die Scheidungsgesellschaft aufgeregt plappernd von dannen.

Dakota wandte sich der Junggesellenabschiedsgruppe zu. Je eher die Männer versorgt wären, desto eher könnte sie mit Dex reden.

„Darell, kannst du unsere anderen Gäste versorgen?"

Sie drehte sich halb weg, dann zurück und brüllte den Flur hinunter. „Darell!"

Eine tätowierte Gestalt tauchte aus dem Lagerraum auf und kaute auf einem Zahnstocher. „Ja, Chefin?"

Gott, wie sie seinen herablassenden Ton hasste. „Gib den Jungs hier alles, was sie brauchen, für Schießstand vier." *Sofort*, hätte sie um ein Haar knurrend hinzugefügt.

Irgendwann..., begann sie in Gedanken.

Sie seufzte. Irgendwann würde sie ihren Anteil an dem Betrieb abstoßen und sich aus dem Staub machen. Dann könnte sie zu ehrlicher Arbeit auf einer Ranch zurückkehren wie früher, bevor die Filmindustrie sie weggelockt hatte. Aber vorerst...

Sie widerstand dem Drang, Darell mit einem Tritt in Bewegung zu setzen. „Viel Spaß, Jungs."

Die eine Hälfte der Junggesellenabschiedstruppe wirkte erfreut darüber, einem richtigen Kerl wie Darell zugeteilt zu werden, die andere Hälfte schaute niedergeschlagen drein.

„Du kommst nicht mit, Süße?"

Beinah hätte sie verächtlich geschnaubt. Ja, Dakota trug ihr Arbeitsoutfit – einen entschieden zu freizügigen schwarzen Lederbody. Aber nein, sie hatte nicht vor, etwaige Fantasien der Kerle zu beflügeln.

„Du hast in dem Film mitgespielt, oder?", begann einer der Männer. „Wie heißt er noch..."

Sein Kumpel zeigte auf eines der Filmplakate an der Wand. „*Die Harten und die Smarten.* Der war spitze."

Dex folgte seinem Blick, und Dakota zuckte zusammen. Natürlich hatte sie ihren Nebenjob erwähnt, der zu einer steilen Karriere und letztlich zum Wunsch geworden war, die bizarre Welt Hollywoods schnellstmöglich zu verlassen. Trotzdem fühlte es sich irgendwie falsch an, dass Dex die PR-Bilder zu sehen bekam. Die Dramatik, das Spektakel – nichts davon gehörte zu ihrem wahren Ich.

„Nur bei den Stunts", murmelte sie.

„Die waren das Beste daran." Das neueste Mitglied ihres Fanclubs grinste.

„Wow. Du bist in all diesen Filmen?", schwärmte ein anderer.

Sie unterdrückte ein Seufzen. „Ja."

Die Plakate waren Waynes Idee gewesen – alles, um Kunden anzulocken und *Hot Shots* eine unvergessliche Erfahrung werden zu lassen. Dakota hatte nur zugestimmt, weil sie hoffte, dass mehr Umsatz dabei helfen würde, ihren Anteil schneller verkaufen zu können. Allerdings hoffte sie seit mittlerweile vier Monaten, ohne dass auch nur ein einziges ernstzunehmendes Angebot eingetrudelt wäre.

„Wow, sogar in *Cowboy-Rächer*", meinte einer der Männer begeistert. „Warst du das, die von Pferd zu Pferd gesprungen ist?"

„Ja." Mit strenger Miene zeigte sie den Flur hinunter. „Kommt mal lieber nicht zu spät."

Dem Mann klappte die Kinnlade auf. „Jetzt siehst du gerade voll wie die Kriegerprinzessin Khloe Maxx aus!"

Dakota verdrehte die Augen. Anscheinend hatte er *Planet des Todes* gesehen.

„Abmarsch", blaffte sie.

Der Kerl zuckte zusammen und eilte hinter Darell her.

„Gut gemacht, Süße." Die letzte Nachzüglerin der Scheidungstruppe klatschte mit ihr ab.

Dakota atmete tief durch. „Danke. Viel Spaß."

Die nächste Minute lang hallten die Schritte und das Geplapper der aufgeregten Gäste durch den Flur. Dann fiel eine schwere Tür nach der anderen zu – in Violets Fall sogar doppelt fest. Endlich trat selige Stille ein.

Dakota lehnte sich erschöpft gegen den Empfangstisch. Gott, was für ein Tag.

Und nun auch noch das. Langsam begegnete sie Dex' Blick.

„Hi", flüsterte er nach einigen Sekunden.

„Hi."

Dakota schluckte. Ihre Kehle fühlte sich plötzlich zu trocken an. Sie hatte ihr Leben lang mit coolen, unerschütterlichen Männern wie ihm gearbeitet. Typen, die sich nicht in die Karten schauen ließen. Zum Beispiel die Cowboys auf der Ranch, auf der sie aufgewachsen war. Oder Stuntmen, die so taten, als würden sie keinen Schmerz kennen. Und bei keinem Einzigen hatte sie je etwas empfunden.

Aber verdammt. Ein Blick von Dex, und ihre Wangen loderten. Ein Wort von ihm, und ihre Seele tanzte. Eine Berührung von ihm, und sie schauderte in Erwartung eines Nachschlags.

Sie straffte die Schultern und verschränkte die Arme vor der Brust, als ihr einfiel, dass sie ja wütend auf ihn war.

„Endlich bekomme ich zu sehen, wo du arbeitest", murmelte Dex.

Als sie mit den Schultern zuckte, verfing sich ihr Pferdeschwanz am Reißverschluss ihres Lederoutfits. Sie zog am Kragen. „Gott, wie ich dieses Ding hasse. Ich komme mir darin wie Catwoman vor."

Dex' Augen blitzten so auf wie damals, als sie beide allein gewesen waren und sich langsam, sinnlich entkleidet hatten.

„Ich kann meine Arbeitsklamotten auch nicht leiden."

Um ein Haar hätte sie gekichert – nur musste sie bei den Worten daran denken, was sich zuvor an dem Tag ereignet hatte.

„Ich hätte auch nie gedacht, dass du ausgerechnet im *Scarlet Palace* arbeiten würdest."

Er biss sich auf die Unterlippe. „Ja, was das angeht…"

Und prompt kochte ihre Wut wieder hoch. All die Tage, die sie sich gesorgt und nach ihm gesucht hatte…

„Was meinst du? Was bedeutet *das?*" Ihre Stimme schwoll an. „Was genau ist *das?*"

Erinnerungen blitzten in ihrem Kopf auf. Von der ersten, zufälligen Begegnung auf einem Wanderweg in der Wildnis über die erste geteilte Pizza bis hin zum ersten Kuss. An ihre erste, unvergessliche Nacht und all die heißen Stunden, die sie sich seither gegenseitig in den Armen gelegen hatten.

Und nicht nur daran, auch an die Wanderungen. Die unbeschwerten Unterhaltungen. Die stillen, beschaulichen Sonnenuntergänge fernab des Glitzers von Las Vegas. Die Kleinigkeiten, die besagten, dass es sich nicht nur um tollen Sex drehte.

Aber gerade, als sie überzeugt davon wurde, dass Dex der Richtige wäre, war er verschwunden.

„Ich wollte mich bei dir melden", versuchte er es.

„Hast du aber nicht."

„Ich konnte nicht. Ehrlich, ich wollte es. Aber..."

„Konntest du nicht oder wolltest du nicht?" Sie pikte ihn mit dem Finger in die Brust. „Du bist wie vom Erdboden verschwunden. Ich war besorgt." *Richtig besorgt,* hätte sie beinah zugegeben. „Und dann bin ich wütend geworden. *Richtig* wütend."

Peng! Peng! Peng! Das laute Krachen einer Glock von der Scheidungsgruppe am Schießstand schien ihre Worte zu betonen.

„Du hast jedes Recht, sauer zu sein", räumte Dex ein. „Aber ich musste eine Weile unter dem Radar bleiben. Ich hatte Angst, sie könnten dir etwas antun, um an mich ranzukommen."

Rat-a-tat-tat-tat! Von der Junggesellenabschiedsgesellschaft ertönte eine Automatiksalve.

Dakota zog eine Augenbraue hoch. „Wer sind die?"

Dex bewegte sich näher und flüsterte: „Die Leute vom *Scarlet Palace.*"

Dakota sah ihm tief in die Augen, entdeckte darin jedoch keine Spur einer Lüge.

„Und welches Vergehens sollte dich jemand verdächtigen?"

Natürlich abgesehen von seinem verboten guten Aussehen und dem sündhaften Lächeln, das jede Frau zum Schmelzen bringen konnte.

Unter normalen Umständen hätte Dex es aufblitzen lassen und damit ihren Gedanken betont. Stattdessen jedoch zuckte seine Wange, und er schlug die Augen nieder, als hätte er etwas zu verbergen.

Was keinen Sinn ergab. Ehrlicher als Dex ging es kaum. Er war schon fast qualvoll ehrlich. Und er bewegte sich wie eine Mischung aus einem Preisboxer und einer Katze. Eine echt große, äußerst selbstbewusste Katze – ein mit Krallen und Zähnen bewaffneter Tiger. Was mochte ihn so aus der Bahn geworfen haben?

Als er ihrem Blick begegnete, besagten seine Augen: *Du.* Unwillkürlich öffnete sich ihr Mund einen Spalt.

Dakota schürzte die Lippen. Bisher hatte sie nur daran gedacht, wie besorgt sie um ihn gewesen war. Hatte er sich etwa genauso sehr um sie gesorgt?

„Was ist passiert, Dex?"

Er antwortete stockend. „Erinnerst du dich an meinen Freund Tanner? Er hat Geld gebraucht – für einen guten Zweck, ehrlich. Also hat er was arrangiert... äh..."

Eine Tür auf der linken Seite flog auf. Jemand von der Junggesellenabschiedsgruppe stolperte mit einem M4 heraus. „Äh, hi. Darell hat gesagt, ich soll wegen dem Fadenkreuz an dem Ding nachfragen."

Ungeschickt hantierte er mit der Waffe, richtete sie erst auf Dex, dann auf die Tür und schließlich auf die Bar.

„Oha." Dakota packte den Lauf und drückte ihn nach unten. „Hat Darell euch nicht die wichtigste Lektion beigebracht?"

Der Mann kratzte sich am Kopf. „Äh... Spaß haben?"

Sie verdrehte die Augen. „Sicherheit geht vor. Mündung immer unten. Immer. Verstanden?"

„Verstanden." Noch während er es aussprach, hob sich die Mündung wieder.

Dakota drückte sie zurück nach unten. Gut, dass die Waffe nur mit Übungsmunition geladen war. Trotzdem konnte auch sie bleibende Schäden verursachen. „Wo liegt das Problem?"

„Das Ding schießt ständig daneben."

Dakota verdrehte die Augen und verkniff sich mühsam: *Du schießt ständig daneben, du Schwachmat.*

Stattdessen tippte sie auf den Regler des Fadenkreuzes. „Du musst damit experimentieren. In Ordnung?"

Vermutlich wäre es einfacher, Kleinkindern etwas beizubringen, ging ihr durch den Kopf.

„Nur zu, geh es ausprobieren." Sie scheuchte ihn zurück zum Schießstand. Als er weg war, wandte sie sich zischend wieder an Dex. „Komm mir nicht mit diesem Blick."

Er hob die Hände. „Mit was für einem Blick?"

Sie zeigte auf ihn. „Mit dem da."

Jubel ertönte aus Schießstand drei, als ein ohrenbetäubender Knall ertönte.

Dex zuckte zusammen. „War das der Ehering?"

Dakota zuckte mit den Schultern. „Weißt du, nicht alle Männer halten ihre Versprechen."

Dex' Adamsapfel hüpfte auf und ab, und ein Anflug von Scham verdüsterte seinen Blick.

„Tanner und seine Freundin haben ein Ablenkungsmanöver im Casino inszeniert und sich mit gut zwei Millionen aus dem Staub gemacht", fuhr er schließlich fort. „Nicht gestohlen – sie haben das Geld fair und ehrlich gewonnen. Nur haben sie die Frühwarnsysteme deaktiviert, damit die Aufseher nicht ihre üblichen Tricks abziehen und eine Siegesserie stoppen konnten. Die Geschäftsleitung war stinksauer, und da ich der Dealer an dem Tisch war..."

Dakotas Augen verengten sich zu Schlitzen. Sie hätte nie gedacht, dass sich Dex auf so etwas einlassen würde. Aber vielleicht hatte sie sich geirrt. Vielleicht war er in Wirklichkeit ein Betrüger und hatte nur darüber nicht gelogen, dass sie sich am besten von ihm fernhalten sollte.

„Und deine Rolle dabei war?"

„Äh... ich habe vielleicht dabei geholfen, den Alarm zu deaktivieren." Er versuchte es mit einem matten Grinsen. „Oh, und womöglich habe ich darauf hingewiesen, wann am wenigsten Wachpersonal im Dienst war. Und vielleicht habe ich auch..."

Sie hob die Hand. „Vielleicht will ich das gar nicht hören."

„Das meine ich ja. Je mehr du weißt, desto größer könnte die Gefahr für dich werden. Deshalb musste ich mich von dir fernhalten."

„Und doch bist du hier."

„Weil du gesagt hast, dass ich herkommen soll."

Sie verschränkte die Arme vor der Brust. „Ich fange gerade an, es zu bereuen."

Obwohl er kaum eine Miene verzog, trat in seine Augen der Ausdruck eines traurigen Welpen.

Dakota schluckte und senkte die Stimme. „Tut mir leid. Das habe ich nicht so gemeint. Aber bitte – erklär es mir einfach. Vielleicht kann ich ja helfen."

Hoffnung kehrte langsam in Dex' Augen zurück, und Dakota konnte sich ein verhaltenes Lächeln nicht verkneifen. Und da war er wieder – der Anflug jenes verborgenen einen Prozents. Der Bruchteil, den niemand außer ihr zu sehen bekam.

Doch statt etwas zu erklären, sah Dex ihr nur schweigend in die Augen. Dann breitete er die Arme aus, und einfach so hielten sie sich gegenseitig fest. Ähnlich wie in ihrer ersten gemeinsamen Nacht geschah es wie von selbst, so natürlich, wie der Herbst den Sommer ablöste und der Winter den Herbst. Genauso unaufhaltsam.

Dakota schloss die Augen und atmete seinen frischen, holzigen Duft ein. Gott, hatte sie ihn vermisst.

Wie sich der Druck seiner Arme um sie verstärkte, besagte dasselbe.

„Glaub mir, ich wollte nie weg", flüsterte er und streichelte ihr Haar. „Ich muss nur einen Ausweg aus dem Schlamassel finden."

„Dann rede mit mir. Lass mich helfen."

Als sich Dex zurückzog, tief Luft holte und etwas sagen wollte, ertönten Jubelrufe und Schüsse aus dem Schießstand der Scheidungsgruppe.

Wayne steckte den Kopf zur Tür heraus. „Äh, Dakota? Die hören nicht auf mich."

Fluchend löste sie sich von Dex. „Ist vielleicht doch nicht der beste Zeitpunkt und Ort."

„Wann dann?"

Ihre Schritte stockten, als sich ihre vernünftige Seite zu Wort meldete. *Wenn er in Schwierigkeiten steckt, musst du dich von ihm fernhalten.*

Ihr Herz zog sich zusammen. Normalerweise schon, aber hier ging es um Dex. Wie könnte sie ihm nicht zuhören? Wie könnte sie ihm nicht helfen?

Andererseits hatte sie in der Vergangenheit schlechte Entscheidungen getroffen. Zum Beispiel bei ihrem ersten festen Freund, der sich als egozentrischer Mistkerl entpuppt hatte, und bei ihrem zweiten, der fast doppelt so alt wie sie gewesen war. Dann war da noch der unwiderstehlich charismatische Stuntman, mit dem sie kurz etwas gehabt hatte – Betonung auf *kurz.* Am schlimmsten war jener Schwätzer von einem Hauptdarsteller gewesen, auf den sie beinah hereingefallen wäre. Was hatte sie je in ihm gesehen?

Sie kniff die Lippen zusammen. Für eine Frau, die so ziemlich jeden Stunt hinbekam, wies sie bei Männern eine miese Bilanz auf.

Dex ist anders, meldete sich eine innere Stimme zu Wort. *Dex ist der Richtige.*

Ihre Kehle wurde so trocken, dass sie beim Schlucken schmerzte. Sollte sie ihm noch eine Chance geben oder auf der Stelle mit ihm Schluss machen?

Dex' Augen flehten sie an – nicht um eine weitere Chance, sondern darum, sich um ihrer selbst willen von ihm fernzuhalten.

„Morgen Abend", sagte sie schließlich. „Sonnenuntergang. Draußen am Painted Rock."

Seine Augen leuchteten, als wollten sie sagen: *Am Painted Rock? Unserem besonderen Ort?*

Rasch nickte Dakota, bevor Zweifel einsetzen konnten.

„Dann bis morgen."

Kapitel 4

Dex fuhr auf den Parkplatz des Wanderwegs und hielt an. Von Dakotas Pick-up fehlte jede Spur. Also kam entweder er zu früh oder...

Sein Herz schlug schneller, als er aus seinem Klassiker sprang, einem Camaro, und sich umsah. Was, wenn ihr etwas zugestoßen war?

Er schnupperte konzentriert, während sein innerer Panther mit dem Schwanz peitschte. Kein Anzeichen von Dakota. Dex sprang auf einen Felsen und betrachtete eingehend jedes Fahrzeug, das auf der entfernten Schnellstraße vorbeifuhr. Sekunden später blickte er auf sein Handy. Verdammt, wo steckte sie?

Gelblich-orangefarbenes Licht überzog den Himmel und ließ die zerklüfteten Berge noch röter als sonst wirken. Die Erde unter den Füßen strahlte trockene Wärme ab, während die Luft schnell abkühlte. Die perfekte Zeit für einen Panther, um sich in die Wildnis zu schleichen und sie zu erkunden...

...oder um bang auf einem Parkplatz herumzulaufen.

Dex verfluchte sich dafür, dass er diesem abgelegenen Treffpunkt zugestimmt hatte. Aber was hätte er schon tun können? Er konnte es nicht riskieren, Dakota in seiner Wohnung zu treffen, denn die war bereits durchwühlt worden – zweimal. Als wäre er so dumm, seine Beute dort zu verstecken.

Nein, sich hier zu treffen, war schon richtig. Weit genug entfernt, dass er sicher sein konnte, nicht verfolgt worden zu sein, und wild genug, dass er sich heimisch fühlte.

Trotzdem blieben seine Nerven angespannt. Jeder Pick-up, der in der Ferne auftauchte, ließ seine Hoffnungen erst aufsteigen und dann abstürzen. Er ging drei Schritte zurück zu seinem Auto, bevor er wieder wendete und weiter Ausschau hielt. Mist. Er würde alles dafür geben, zu dem sorglosen Leben zurückzukehren, das er bis vor wenigen Wochen geführt hatte. Damals hätte er die letzten Sonnenstrahlen kummerfrei genossen und darauf vertraut, dass Dakota sicher und gesund eintreffen würde. Nun jedoch...

Alles? flüsterte eine leise Stimme in seinem Kopf. *Du würdest wirklich alles dafür geben?*

Er nickte. Alles.

Sogar eine Million Dollar?

Sofort nickte er. Natürlich war Dakota das wert.

Dann blickte er blinzelnd zur untergehenden Sonne und dachte über die Erkenntnis nach. Schleichend hatte sie sich über Wochen eingestellt, obwohl sie ihm erst vor kurzem bewusst geworden war. Hier eine Verabredung, da eine Wanderung, die zur ersten von vielen ekstatischen Nächten geführt hatte. Und jedes Mal gab es einen seligen Morgen danach, der ihnen beiden ein Lächeln bescherte, das den Großteil des Tages anhielt – und wiederbelebt wurde, sobald sie sich wiedersahen. All das fröhliche Summen, dem er sich in letzter Zeit hingab. All die Freude. All die Hoffnungen und Träume, die plötzlich in seinem Kopf herumspukten.

Das war nicht bloß eine Glückssträhne. Es war Schicksal.

Sie war sein Schicksal.

Dex rieb sich mit beiden Händen über die Wangen. Seine Mutter hatte immer gemeint, er könnte den Wald vor lauter Bäumen nicht sehen. Aber verdammt: Wie konnte er seine wahre Gefährtin so langsam erkennen?

Andererseits hielten Panther nicht so viel von vorherbestimmten Schicksalsgefährten wie Bären, Wölfe oder ähnliche Arten. Wie die meisten Katzen neigten Panther dazu, allein recht glücklich zu sein. Wer brauchte schon eine Gefährtin?

So dachte man, bis jener wundersame Tag kam – wenn man Glück hatte – und man das Licht erblickte.

Sein Panther peitschte mit dem Schwanz. *Gefährtin.*

Als Reifen über Kies knirschten, riss Dex den Kopf herum und erblickte Dakota, die winkend auf den Parkplatz rollte.

„Tut mir leid, dass ich spät dran bin."

Sein Mund öffnete und schloss sich, aber es drang kein Mucks heraus. Und was sollte er schon sagen? *Eigentlich bin ich derjenige, der spät dran ist. Schmerzlich spät dran damit, das Offensichtliche zu erkennen.*

Als Dakota auf dem Weg zu einer freien Lücke vorbeifuhr, weitete sich seine Brust. Mann, fühlte sich die Luft frisch und kühl an. Und wow, war der Himmel herrlich klar.

Dakota sprang aus der Kabine und schulterte einen Rucksack. „Hi."

Ihr langes, offenes Haar wogte mit dem gewohnten, unaufhaltsamen Schwung, auf ihren sommersprossigen Wangen zeigen sich Grübchen, als sie ein verhaltenes Lächeln aufsetzte.

Dex schluckte den Kloß im Hals hinunter. „Hi."

Die ersten Schritte aufeinander zu fielen gemessen aus. Die nächsten wurden etwas schneller. Und die letzten...

Sie fielen sich gegenseitig in die Arme und umklammerten einander.

Er streichelte ihren Rücken, schirmte sie vor den Gefahren der Außenwelt ab und wollte sie nie wieder loslassen. Dabei dachte er an jenes *Alles*, das ihm zuvor durch den Kopf gegangen war.

Definitiv alles, entschied er. Alles. Er würde alles für sie geben.

„Lass uns von hier verschwinden", flüsterte er.

Dakota lachte und wandte sich dem Beginn des Wanderwegs zu. „Gern."

Dex ergriff ihre Hand und deutete zu seinem Auto. Ihrem Auto. Ach egal, welches Auto.

„Nein, ich meine, aus Vegas. Sofort. Springen wir einfach ins Auto und brausen wir los. Wir lassen den ganzen Mist hinter uns und fangen woanders neu an."

Sie starrte ihn an.

Das ist ein Ja, entschied sein Panther und begann, sie zum Auto zu ziehen.

„Oha. Warte." Sie sträubte sich. „Jetzt?"

„Was hält uns davon ab?"

„Äh... mein Job. Dein Job..."

„Ich hasse meinen. Du hasst deinen. Du hast gesagt, dass du weg willst. "

„Wenn ich meinen Anteil am Laden verkauft habe. "

Dex schüttelte den Kopf. „Das ist das Risiko nicht wert. "

Dakotas Augen verengten sich zu Schlitzen. Wunderschöne Augen, wie an einem Flussufer wachsendes Moos.

„Richtig, das Risiko. Von dem du mir erzählen wolltest. Wann noch mal? "

Er deutete mit dem Kopf zur Schnellstraße. „Unterwegs. "

Sie rührte sich nicht vom Fleck. „Nein, du kannst es mir gleich hier sagen. "

Ein Hund kam den Pfad entlang angerannt, gefolgt von einer vierköpfigen Familie. Dakota korrigierte sich. „Lieber beim Painted Rock. Gehen wir. " Und damit marschierte sie davon. Im Vorbeigehen winkte sie der Familie zu. „Ist die Aussicht schön? "

„Herrlich", schwärmten die Mitglieder der Familie.

Bald bewegte sich Dakota mit ihren langen Beinen so flink den Pfad hinauf und über Steine hinweg, dass Dex alle Hände voll zu tun hatte, um mit ihr Schritt zu halten. Sie trabte durch ein Eschenwäldchen, in dem sie einen wilden Esel erschreckte. Dann bahnte sie sich lautlos den Weg durch eine Sandsteinschlucht und hinterließ kaum einen Fußabdruck im Sand.

Sie wäre eine tolle Pantherdame, brummte seine animalische Seite.

Ja, wäre sie wirklich. Außerdem besaß die Frau einen hervorragenden Orientierungssinn. Sie steuerte geradewegs auf die abgelegene Stelle zu, die sie vor Wochen entdeckt und Painted Rock getauft hatten. Und das mit einem Tempo, als wollte sie die Sonne zu einem Wettlauf herausfordern, wer sein Ziel zuerst erreichte – die Sonne den Horizont oder Dakota den Painted Rock.

„Fast da", murmelte sie, als sie an einer versteckten Quelle vorbeikamen.

Ein Durchschnittsmensch hätte das als Ziellinie betrachtet, weil der Painted Rock gleich rechts daneben hoch emporragte. Aber Dakota huschte flink wie eine Bergziege den steilen Hang hinauf.

Keine Bergziege. Eine Pantherdame, meldete sich sein inneres Tier zu Wort.

Ein Teil von Dex sehnte sich danach, sich zu verwandeln und ihr auf der Stelle seine innere Katze zu offenbaren. Er würde geschmeidig über das mit Gestrüpp gespickte Terrain wieseln und sie nach wenigen Schritten überholen. Dann würde er von einem Felsvorsprung zum anderen springen und ihr zeigen, wie toll das Leben als Gestaltwandler sein konnte.

Dakota wäre mit Sicherheit begeistert davon. Blieb nur noch das Problemchen, ihr die Welt der Gestaltwandler zu erklären... Schicksalsgefährten... Paarungsbisse... Vampire, die es zu meiden galt...

Dex ließ die Schultern hängen. Womit sollte er anfangen? Und wie? Als Mensch hatte Dakota keine Ahnung von solchen Dingen.

„Beeil dich", rief sie über die Schulter. „Die Sonne geht gleich unter."

Als er sie endlich einholte, leuchteten ihre Wangen triumphierend und spiegelten die Farbe des westlichen Horizonts wider. Sie hielt ihre Wasserflasche zu einem stummen Toast hoch, trank einige Schlucke und nahm einen tiefen Atemzug, der besagte: *Mission erfüllt. Jetzt weiter mit dem nächsten Punkt...*

Dummerweise lag der nächste Punkt bei Dex und bestand darin zu erklären, was vor sich ging.

Der Gipfel des Painted Rock war eben und breit genug für ein Dutzend Wanderer, doch sie beide waren allein. Nur Dakota, er und die Sterne, die einer nach dem anderen am endlosen indigoblauen Himmel erwachten.

Dakota setzte sich hin und tätschelte die Stelle neben ihr. „Du schindest Zeit."

Unwillkürlich musste er lächeln. Sie hatten sich erst vor sechs Wochen kennengelernt, trotzdem kannte sie ihn bereits besser als er sich selbst.

„Komm schon. Raus damit." Dakota stupste ihn. „Die Wahrheit, die ganze Wahrheit und nichts als die Wahrheit."

Dex ließ sich neben ihr nieder und holte tief Luft, bevor er endlich begann. Mit der Wahrheit – wenn auch nicht mit der ganzen, weil er sich nicht dazu durchringen konnte, ihr den Teil mit den Vampiren und den Gestaltwandlern zu erklären. Noch nicht.

„Mein Freund Tanner ist nach Las Vegas gekommen, um die Casinobesitzer mit ihren eigenen Waffen zu schlagen – für einen guten Zweck. Die wollten ein neues Casino in einem unberührten Gebiet in der Nähe von Tanners Zuhause bauen…"

Tanners Höhle wäre zutreffender gewesen, denn der Mann war ein Bärengestaltwandler. Aber das Detail ließ Dex aus.

„Seine Freundin Karen hat ihm dabei geholfen…"

Tanners Freundin, halb Drachendame, halb Hexe. Auch das übersprang Dex. Stattdessen betonte er ein ums andere Mal, dass es um eine gerechte Sache gegangen war und sie streng genommen gegen keine Gesetze verstoßen hatten. Kein Mitzählen der Karten, keine versteckten Asse. Sie hatten lediglich dafür gesorgt, dass die Sicherheitskräfte nicht verständigt wurden, als Karen groß zu gewinnen begann und mit einem glücklichen Blatt nach dem anderen weitermachte.

„Ich hatte übrigens auch einen guten Grund", fügte Dex hinzu. „Die Rettung der Panther in Florida. Weißt du eigentlich, wie schnell ihre Zahl schrumpft? Und ein Großteil davon ist vermeidbar, weil so viele auf den Straßen umkommen. Aber wenn mehr Unterführungen für Wildtiere gebaut und natürliche Korridore geschaffen werden…"

Die Leidenschaft packte ihn, da er zu Hause selbst schon ein paar knappe Begegnungen mit dem Verkehr gehabt hatte. Und das als Gestaltwandler, der eigentlich genug über die Welt der Menschen wissen sollte, um solche Situationen zu vermeiden. Wilde Panther hingegen hatten keine Chance. Und da ihr Lebensraum kontinuierlich schrumpfte…

Hoppla. Das Thema riss ihn definitiv mit. Er zwang sich, zum eigentlichen Thema zurückzukehren. „Hast du gestern die Showgirls im Casino gesehen?"

Dakota verzog das Gesicht. „Wie hätte ich sie übersehen sollen? Bei all den Pailletten und all der nackten Haut."

„Die Federn haben die Überwachungskameras blockiert." Dex hob den Arm, um die Kopfbedeckungen anzudeuten.

Dakota brach in Gelächter aus. „Echt jetzt? Das hat funktioniert?"

„Ja. Gut, vielleicht habe ich auch ein kleines Kabel gekappt, damit kein Warnsignal an die Überwachungsleute durchgegangen ist. Aber es war ohnehin schon korrodiert.“

„Glaub ich dir aufs Wort“, murmelte Dakota sarkastisch.

„War es wirklich!“

Sie behielt beharrlich jene Miene bei, die vermittelte, dass sie *nicht amüsiert* war. Bei dem Anblick musste Dex schmunzeln. „Der Typ hatte recht.“

Sie runzelte die Stirn. „Welcher Typ?“

„Der am Schießstand. Du siehst wirklich aus wie diese Kriegerprinzessin, wenn du so dreinschaust.“

„Ich habe nur die Stunts gemacht.“

Er grinste. „Die waren das Beste daran.“

Sie klatschte ihm gegen den Arm. „Hör auf, das Thema zu wechseln. Was ist dann passiert?“

Er zuckte mit den Schultern. „Tanner und Karen haben sich mit dem Gewinn aus dem Staub gemacht und mir meinen Anteil überwiesen. Obwohl es keine Beweise für meine Beteiligung gibt, behält mich das Casino aufmerksam im Auge. Deshalb bin ich von dir weggeblieben, Dakota. Diese Typen sind schwere Kaliber. Mit denen legt man sich besser nicht an.“

Um ein Haar hätte er hinzugefügt: *Vor allem, weil sie ihre Reißzähne ausfahren und einem das Blut aussaugen können.*

„Wie jetzt, sind sie so was wie die Mafia?“

„Schlimmer.“

„Was ist schlimmer als die Mafia?“

„Typen, die Spaß am Töten haben. Die auf Blut stehen.“

Dakota schrak zurück, doch er fuhr fort und verdeutlichte seinen Standpunkt.

„Ich schwöre, manchmal durchschauen mich diese Kerle. Wie eine Wiedergeburt des Teufels. Wie... wie... Kreaturen der Nacht.“ Er hob die Hand. „Ich weiß, es klingt verrückt, aber so sind sie. Die schrecken vor nichts zurück. Und sie verzeihen nichts.“

Dakota schluckte. „Aber sie haben dich nicht angefasst, oder?“

„Bisher nicht. Werden sie auch nicht, zumindest so lange nicht, wie ich ihnen gutes Geld einbringe.“

Sie ließ ein verhaltenes Lächeln aufblitzen. „Charmanter, als gut für dich ist, was? Lockst du die Gäste an deinen Tisch und hältst sie dort?"

Er zuckte mit den Schultern. Damit traf sie den Nagel wohl so ziemlich auf den Kopf.

Dakota stupste ihn. „Hast du wirklich gedacht, sie würden dich nicht beobachten?"

„Darüber war ich nicht allzu besorgt. Weil es keine Beweise gab und sie nichts gegen mich in der Hand hatten. Aber dann..."

Er zögerte und ließ den Blick über die Weiten der Wüste schweifen. Über die Gesteinserhebungen, über die gedämpften Rot- und Brauntöne. Die Luft war so trocken, dass ein Flüstern eine Meile weit wandern konnte.

Schließlich räusperte er sich und sprach es aus. „Aber dann ist mir klar geworden, dass es da etwas gibt. Nein, jemanden. Einen Menschen, an dem mir so viel liegt, dass sie ihn gegen mich benutzen könnten."

Ihm stockte der Atem, denn zu einem solchen Gespräch war es zwischen ihnen noch nicht gekommen. Sie hatten überhaupt nie weit in die Zukunft gedacht oder das große Wort mit L ausgesprochen. Dafür hatten sie zu viel Spaß in der Gegenwart gehabt. Nun jedoch...

Schon komisch, wie einem durch eine unbedachte Handlung so viel klar werden konnte.

Dakotas Schulter berührte die seine. Sie verharrte genauso regungslos wie er. Dasselbe galt für die Wüste selbst. Alles schien darauf zu warten, dass er endlich seinen Mut zusammennahm und es laut aussprach.

„Jemand, an dem dir viel liegt?", flüsterte Dakota.

Er nickte und ergriff mit beiden Händen ihre Hand. Ähnlich umklammerte seine Mutter die Bibel, wenn sie sonntags auf den Kirchenbänken kniete. Und vielleicht hatte er hier seine Kirchenbank gefunden, mit den Sternen als spirituellen Führern.

„Du weißt ja, wie das ist", sagte er mit kratziger Stimme. „Man merkt immer erst dann, wie viel einem etwas bedeutet, wenn es zu spät ist."

Und damit küsste er ihre Hand. Eine lächerlich keusche Geste, wenn man bedachte, wie oft sie sich schon gegenseitig entblättert und sich ihren wilden Fantasien hingegeben hatten. Dennoch wirkte sie irgendwie intimer als alles, was sie bisher miteinander gemacht hatten.

„Es gibt da nämlich jemanden, den ich liebe", brachte er schließlich heraus.

Obwohl nur eine leichte Brise wehte und es kaum Grasbüschel gab, die sich darin neigten, hatte Dex den Eindruck, das gesamte Universum würde Beifall klatschen.

Dakota legte die Finger um seine und beugte sich zu ihm.

„Liebe, ja?"

Er nickte. „Liebe. Hat allerdings ein Weilchen gedauert, bis ich es geschnallt habe." Er bohrte einen Fuß in den Boden. „Und ich bin mir nicht sicher, ob sie dasselbe empfindet."

Sie streichelte mit dem Daumen seinen Handrücken, während sie nach den richtigen Worten suchte. „Das tut sie. Ich meine..." Sie räusperte sich. „Ich tue es."

Sein Herz stieg empor wie ein Drachen.

Ihre Finger schlossen sich fester um seine. „Und du bist vielleicht nicht der Einzige, dem nicht klar gewesen ist, was er hatte." Kurz verstummte sie, schluckte schwer und flüsterte dann: „Aber weißt du was?"

Er drehte sich ihr von Angesicht zu Angesicht zu. „Was?"

Selbst ein vorbeiflatternder Vogel wäre leiser gewesen als seine Stimme, und er verfluchte sich innerlich dafür.

Dakota musste es trotzdem gehört haben, denn sie fuhr fort. „Vielleicht ist es noch nicht zu spät."

Dex bewegte den Mund, wollte darauf antworten, aber irgendwie endete es stattdessen mit einem Kuss. Einem Kuss so zart wie eine Feder, und doch erschütterte er seine Seele.

Sie strich mit einer Hand über seine Schulter und seinen Rücken, schmiegte sich enger an ihn.

„Eindeutig nicht zu spät", flüsterte sie. „Immerhin sind wir hier."

Dex drehte sich leicht, gab ihr Platz, um sich an ihn zu schmiegen. „Das sind wir."

Sie nickte mit ernster Miene und drückte ihn langsam zurück, bis er auf dem glatten Felsboden lag. Auf demselben, auf dem sie sich in der Vergangenheit ein paar Mal geliebt hatten.

Dex hielt bei dem Gedanken inne und korrigierte sich. Damals war es vielleicht weniger Liebe gewesen, nur Sex. Aber was bevorstand, würde in jene höhere Kategorie gehören, das gelobte er sich.

Als sie sich rittlings auf ihn hockte, fuhr er mit den Händen ihre Rippen entlang und schob ihr Shirt hoch. Aber sein Verstand ließ ihn innehalten. Es gab so viel zu besprechen…

„Vielleicht sollten wir…"

Dakota schüttelte den Kopf. „Reden? Ja. Später. Vorerst…"

Vielleicht hatte sie recht. Man konnte sich nicht nur durch Reden miteinander verständigen. Und sie waren beide besser darin, sich durch ihre Taten auszudrücken.

Dakota richtete sich auf und zog eine Augenbraue hoch. „Irgendwelche Einwände, Mister?"

Dex schüttelte den Kopf. „Nein, Ma'am."

Grinsend zog sie das Shirt aus, gefolgt vom BH. „Gut, denn du scheinst mich schon wieder abgelenkt zu haben."

Nicht ich, wollte er sagen. *Das Schicksal. Mir war es vorher auch nicht klar. Aber jetzt weiß ich es.*

Doch für Worte blieb keine Zeit, weil sie sich wieder auf ihn herunterbeugte, um ihn leidenschaftlich und hungrig zu küssen.

Er grinste. Bei jeder anderen Frau würde eher er den Takt vorgeben. Allerdings hatte ihn auch noch keine andere Frau je so bewegt wie diese. Und verdammt. Dakota wäre nicht Dakota gewesen, wenn sie nicht genau gewusst hätte, was sie wollte.

Sie weiß auch, was wir wollen, brummte sein Panther, während sie ihm half, sich der Hose zu entledigen.

Das stimmte. Und als sie sich letztlich vom Rest ihrer Kleidungsschichten befreit hatten…

Dakota ließ sich langsam auf ihm nieder, nahm ihn einen heißen Zentimeter nach dem anderen in sich auf. Anschließend neigte sie den Kopf zurück und begann, sich zu wiegen. Erst langsam, dann schneller. Schneller…

Dex packte ihre Hüften, schaute zu ihr und zu den Sternen hoch. Der Anblick wurde zunehmend verschwommener, je mehr er nach oben stieß und je mehr Dakota aufschrie. Aber etwas blieb dabei vollkommen und unerschütterlich klar.

Gefährtin, murmelte sein Panther unablässig. *Gefährtin.*

Er würde Vegas auf keinen Fall so bald verlassen – nicht ohne sie. Die Einzelheiten jedoch würde er sich für später aufheben, denn im Moment...

„Ja..." Dakota stöhnte und wiegte sich schneller... schneller... bettelte um mehr.

Dex war gern bereit, ihr mehr zu geben, und nicht nur an diesem Abend.

Kapitel 5

Dakota spritzte sich Wasser ins Gesicht und betrachtete sich im Badezimmerspiegel ihres Büros bei *Hot Shots*. Verdammt, es war schon wieder passiert. Am vergangenen Abend hatte sie sich von Dex' hypnotisierender Stimme, von seinen Augen, seinen Berührungen, von allem eigentlich in eine Traumwelt entführen lassen. Statt die missliche Lage zu klären, hatten sie sich drei heißen Runden hingegeben, jede begieriger und animalischer als die davor.

Nicht, dass sie sich beschweren wollte. Nur war sie schon wieder aus dem Gleichgewicht geraten. Irgendwie passierte ihr das bei Dex ständig.

Danach hatte er sie gedrängt, Las Vegas mit ihm zu verlassen. Doch an der Stelle war sie wieder zur Vernunft gekommen. Warum? Weil sich die Casinobesitzer nicht von Stadtgrenzen aufhalten lassen würden, wenn sie es auf Dex abgesehen hatten.

Zweitens war sie noch damit beschäftigt, ihre Gefühle zu verarbeiten. Ja, sie liebte Dex. Drei verzweifelte Wochen ohne ihn hatten es ihr überdeutlich vor Augen geführt. Aber Las Vegas zu verlassen, um zusammen ein neues Leben zu beginnen, wäre schon unter normalen Umständen eine große Entscheidung. Ganz zu schweigen davon, es als Zielscheibe eines Mafiapaten zu tun.

Also nein. Sie würde nicht den Schwanz einziehen und blindlings das Weite suchen. Wie jeder gute Stunt musste auch ihr Abgang aus Vegas sorgfältig geplant werden. Dafür musste sie erst exakt den Stand der Dinge bestimmen. Vielleicht irrte sich Dex ja mit seinem Verdacht über die Casinobesitzer. Wenn er lang genug die Füße stillhielte und unter dem Radar bliebe, könnte er Las Vegas vielleicht ganz ohne Schwierigkeiten verlassen.

Sie runzelte die Stirn. Wie wahrscheinlich war das?

Hinzu kam, dass ihr überhaupt nicht gefiel, wie das Geld gewonnen worden war, auch wenn es für einen guten Zweck gewesen sein mochte.

Wie Dex über Panther und die Umwelt sprach, hatte sie überrascht. Sie wusste, dass er die freie Natur liebte, aber das? Es war schon bemerkenswert, dass der entspannte, unbekümmerte Dex so viel Leidenschaft und Einsatz dafür bekundete.

Warum ausgerechnet Panther? hatte sie auf dem Rückweg gefragt.

Dex hatte herumgedruckst und schließlich etwas darüber gemurmelt, dass er seine Wurzeln in Florida nicht vergessen hatte. Doch irgendwie schien das nicht die ganze Wahrheit zu sein.

Sie spritzte sich erneut Wasser ins Gesicht. Hätte sich Dex nur nicht den Zorn skrupelloser Casinobosse zugezogen. Aber so war Dex nun mal – ein leicht impulsiver Herzmensch, der nicht groß vorausplante.

Dakota hingegen hatte schon lange einen Plan. Einen guten. All das in der Filmbranche mit riskanten, waghalsigen Stunts erarbeitete Geld war für ihr eigenes Vorhaben bestimmt. Nach fünf Jahren als Stuntfrau und vier Monaten in Las Vegas wollte sie zu ihren Wurzeln zurückkehren, eine kleine Ranch kaufen und ein ruhiges, redliches Leben in der Natur führen.

Die Frage war, wie das zu Dex' Plan passte.

Ein Klopfen an der Bürotür riss Dakota aus ihren Gedanken.

Sie trat zurück ins Büro. „Herein.“

Schweiß glitzerte auf Waynes Stirn, als er den Kopf hereinsteckte. „Dein Termin ist da.“

Seufzend schaute sie aus dem Fenster. 21 Uhr. Wer um alles in der Welt setzte einen Geschäftstermin nach Einbruch der Dunkelheit an? Aber wenn es der Mann, der vorhin angerufen hatte, ernst damit meinte, dass er ihren Anteil am Schießstand kaufen wollte, dann sollte ihr nur recht sein, sich so früh wie möglich mit ihm zu treffen.

„Prima. Schick ihn rein."

Wayne trat ganz in ihr Büro und schloss die Tür hinter sich. „Ich bin mir nicht sicher, ob du dich wirklich mit den Kerlen treffen willst. Sie sind gruselig."

Dakota schnaubte. „Mindestens die Hälfte der Hollywood-Regisseure, mit denen ich gearbeitet habe, waren gruselige Widerlinge. Damit komme ich schon klar."

Immer noch zögerte Wayne. „Super-gruselig. Sie erinnern mich an die Bösewichte in *Spartacus im Blut der Untoten*."

Sie verdrehte die Augen. „Das war ein Film, Wayne."

Ein ziemlich mieser Film, um ehrlich zu sein. Gladiatoren mit Vampireinschlag, hatte ihr Agent lachend gemeint. Aber hey. Die bieten dir doppelt so viel, wie du bei deinem letzten Job bekommen hast.

Wayne legte eine zittrige Hand auf den Türknauf. „Okay. Aber bitte verlang von mir nicht, deinen Gästen aus Transsilvanien Kaffee zu bringen, Chefin."

Damit ging er hinaus und ließ die Tür offen. Als Stimmen aus dem Eingangsbereich hereindrangen, warf Dakota einen kurzen, sehnsüchtigen Blick auf die Postkarte, die sie an eine Pinnwand geheftet hatte. Wenn das Geschäft gut liefe, könnte sie bald zurück in die Berge. Sie würde den Asphalt und die verpestete Luft von Las Vegas gegen frische Kiefernwaldluft und eine Aussicht auf die Rocky Mountains vom Rücken eines Pferds eintauschen.

„Miss Starr", ertönte eine seidenweiche Stimme mit Akzent von der Tür.

„So ist es. Nur herein."

Es rutschte ihr aus Gewohnheit heraus, und sie bereute es sofort. Wayne hatte recht. Der Mann und die drei anderen hinter ihm waren durch und durch gruselig.

Jeder von ihnen trug einen maßgeschneiderten schwarzen Anzug über einem schwarzen Hemd und eine dunkle Sonnenbrille – spätabends. Das dunkle, glänzende, zurückgegelte Haar wirkte schlaff und leblos. Für den einzigen Farbtupfer unter ihnen sorgte das rote Taschentuch, das ordentlich gefaltet in der Brusttasche des vordersten Mannes steckte.

Blutrot, entschied Dakota.

Drei der vier sahen gleich aus – groß, schlank, blass. So blass, als würden sie sich nie in die Sonne wagen.

Dakotas Wange zuckte. Der vierte Mann – groß, bullig, schlampig gebundene Krawatte – sah dem Wachmann verdammt ähnlich, der aus dem *Scarlet Palace* gerannt gekommen war, nachdem Dex sie nach draußen gescheucht hatte.

„Mr. Schiller. Nehmen Sie Platz. "

Ohne ihm die Hand zum Schütteln anzubieten, ließ sie sich auf ihren Stuhl sinken – einen großen Lederstuhl, der förmlich schrie: *Ich bin hier der Boss.*

„Bitte nennen Sie mich Igor. " Sein Akzent passte zu seinem Aussehen. Russisch? Bulgarisch?

Transsilvanien, bildete Wayne draußen mit den Lippen.

Zwei der drei Männer blieben vor der Bürotür stehen, der dritte schloss sie und baute sich hinter Schiller auf. Also Bodyguards.

Schiller legte unter dem Kinn die Finger aneinander. „Kommen wir gleich zur Sache, Miss Starr. "

Um ein Haar hätte Dakota ihn korrigiert. Ihr richtiger Name lautete Morgenstern, doch ausnahmsweise störte es sie nicht, ihn zu verheimlichen. Nur für alle Fälle.

„Ja. Ist mir sehr recht. Sie sind also daran interessiert, meinen Anteil an *Hot Shots* zu kaufen? "

„So ist es. Wir befinden uns bei *Scarlet Enterprises* in einer Wachstumsphase und möchten vom Casinogeschäft in andere Freizeitbereiche expandieren. "

Plötzlich wurde Dakota sehr, sehr still. Dieser Typ kam vom *Scarlet Palace?*

„Ich verstehe. " Sie bemühte sich, nicht zappelig zu werden. Das musste ein Zufall sein, oder?

Aber Mist. Schillers starrer Blick wirkte kalt. Beinah wie der eines Reptils.

Ich schwöre, manchmal durchschauen mich diese Kerle, hatte Dex gesagt.

Herrje. Auf einmal wusste Dakota, was er gemeint hatte.

„*Hot Shots* wäre eine gute Investition", erwiderte Dakota schnell. „Möchten Sie die Anlage besichtigen oder sich zuerst die Zahlen ansehen?"

„Die Zahlen bitte."

Sie rief die erste von mehreren Tabellen auf, die sie an diesem Tag vorbereitet hatte.

„Wie Sie sehen, legt der Umsatz stetig zu, vor allem in den letzten Monaten..."

„Soweit ich weiß, seit Sie in das Geschäft eingestiegen sind." Bei ihrem überraschten Gesichtsausdruck ließ Schiller ein Krokodilslächeln aufblitzen. „Ich habe meine Hausaufgaben gemacht, meine Liebe."

Ihre Nerven waren bereits angespannt gewesen. Nun schloss sich dem zusätzlich ihr Magen an und verursachte ihr Übelkeit. Was wusste Schiller noch?

Mit einem Klick fügte sie der Tabelle eine neue Zeile hinzu. Hauptsache, sie lenkte Schillers Augenmerk auf das Geschäft statt auf sie.

„Diese Linie zeigt die durchschnittliche Gewinnspanne der Branche, die darüber jene von *Hot Shots*. Auf der nächsten Folie sehen Sie unsere Investitionen und Ausgaben..."

Schiller sah ihr in die Augen, wirkte nicht sonderlich interessiert. Und Mann, sein Blick kehrte immer wieder zu ihrem Hals zurück. Oder zu ihrer pulsierenden Schlagader?

Sie schüttelte sich leicht. Gott, am liebsten hätte sie Wayne dafür gewürgt, dass er ihr Vampirbilder in den Kopf gepflanzt hatte.

Hastig ging Dakota auf die demografischen Daten und anschließend auf die Einkommensströme ein.

„Wir gehen in die Richtung, beides zu diversifizieren. Unsere Pakete *Frisch vermählt* und *Sayonara, Baby* spiegeln das wider und sind ein durchschlagender Erfolg."

„Und was genau haben Sie als Nächstes geplant?" Schiller beobachtete sie aufmerksam.

Dakota umklammerte die Armlehnen des Stuhls und redete sich ein, dass er den Betrieb meinte, nicht Dex, seine Million Dollar und die Absicht, aus Las Vegas zu flüchten.

„Zum einen Kurse in Form von kurzen Modulen, geeignet für einen wechselnden Kundenstamm. Außerdem sind VIP-Vergünstigungen und strategische Partnerschaften in Planung."

„Zum Beispiel mit uns", merkte Schiller an.

Nur über meine Leiche, wäre Dakota beinah herausgerutscht, aber warum das Schicksal herausfordern?

„Genau." Sie zwang sich zum Lächeln. Es musste unheimlich gekünstelt wirken, aber egal. Das galt für Schillers Lächeln genauso.

„Ein Bereich, in dem wir jedoch nie sparen, ist Sicherheit."

„Genau wie ein Casino", merkte Schiller mit dieser hypnotisierenden Stimme an, die vermittelte: *Ich weiß etwas, das du nicht weißt.* „Ich kann Ihnen versichern, dass wir sehr gründlich sind."

„Das müssen Sie wohl auch sein, könnte ich mir vorstellen." Dakota ließ ein weiteres so falsches Lächeln aufblitzen, dass ihre Wangen davon schmerzten. Schließlich stand sie auf. „Was halten Sie von einem Rundgang durch die Anlage?"

Schiller schien zwar nicht besonders interessiert daran zu sein, trotzdem ging er mit.

Dakotas Weg aus dem Büro führte sie direkt an dem großen, bulligen Bodyguard vorbei. Und verdammt: Sie hätte schwören können, dass sich seine Nasenflügel blähten, als sie ihn passierte.

Kacke, Kacke, Kacke. Hatte er sie erkannt? Oder bildete sie sich vor lauter Paranoia das Schlimmste ein?

Sie eilte den Flur entlang und deutete unterwegs nach links und rechts.

„Die ursprünglichen zehn Bahnen sind hier. Und da haben wir drei separate, private Schießstände hinzugefügt."

In einem davon leitete Darell gerade wieder einen Junggesellenabschied, wenn man nach dem Dauerfeuer von Automatikwaffen und den ausgelassenen Jubelrufen ging.

„Natürlich bemühen wir uns, die Kunden dafür zu sensibilisieren, dass der Umgang mit Schusswaffen kein Spiel ist", fuhr Dakota fort.

Dabei stand man nicht selten auf verlorenem Posten. Was einen weiteren Grund darstellte, warum sie es kaum erwarten konnte, aus einem Geschäft auszusteigen, in das sie ursprünglich nie einsteigen wollte. Da sie auf einer Ranch aufgewachsen war, hatte sie schon ihr Leben lang mit Schusswaffen zu tun – aber sie hatte sie niemals als Spielzeug betrachtet.

In Schillers Augen trat ein bösartiges Funkeln. „Nun ja, jeder braucht gelegentlich ein bisschen Spaß."

Dex' Warnungen spukten ihr durch den Kopf. *Typen, die Spaß am Töten haben. Die auf Blut stehen.*

Ein frisch verheiratetes Paar tauchte freudestrahlend aus einer anderen Bahn auf. „Das hat so viel Spaß gemacht."

Diesmal lächelte Dakota aufrichtig. „Ich hoffe, wir sehen euch wieder."

Und nicht für eine Scheidungsparty, hoffte sie.

Das glückliche Paar kam ihr entgegen und ging an ihr vorbei weiter. Als Dakota einen Blick über die Schulter warf, um sich zu vergewissern, dass Schiller ihr noch folgte, sah sie, wie einer seiner Männer schnupperte, als die Braut ihn passierte. Selig schloss der Mann die Augen und leckte sich über die Lippen. Dann wechselte er einen wissenden Blick mit seinem zweiten Bodyguard.

Einen Blick, der besagte: *Oh Mann, ich wette, die würde gut schmecken.*

Ein Kribbeln ging über Dakotas Haut. Genau, wie Dex gesagt hatte. *Wie eine Wiedergeburt des Teufels. Wie Kreaturen der Nacht.*

Wie Vampire, schoss Dakota durch den Hinterkopf.

Was lächerlich war. Dennoch beendete sie den Rundgang so schnell wie möglich, bevor sie den Weg zur Bar antrat.

„Tja, das waren unsere Highlights. Oh, und wir haben vor kurzem eine Schanklizenz für die Bar erhalten – natürlich bedienen wir die Leute ausschließlich nach dem Schießen. Kann ich Ihnen irgendetwas anbieten?"

Schillers Blick heftete sich auf ihren Hals. „Ja, gern. Ich habe unheimlichen Durst."

Dakota knirschte mit den Zähnen. „Wein? Whiskey? Gin?"

Schiller grinste. „Bloody Mary."

Sie starrte ihn mit ihrem besten finsteren Blick einer Kriegerprinzessin an. Als Khloe Maxx hatte sie gegen zwei außerirdische Eindringlinge gekämpft und beide enthauptet – im Augenblick ein gutes Bild, um ihre Stimmung zu heben.

„Wir mixen hier keine Drinks."

„Schade", erwiderte Schiller mit dieser gruseligen monotonen Stimme.

Sie zuckte mit den Schultern. „Das könnten Sie ja einführen, wenn Sie entscheiden, sich einzukaufen."

Dann können Sie so viele verdammte Bloody Marys haben, wie Sie wollen, hätte sie beinah hinzugefügt. *Nur nicht unter meiner Aufsicht.*

Ihre Gedanken griffen vor. Wenn sich Schiller einkaufte, müsste sie Wayne sicherheitshalber helfen, einen anderen Job zu finden. Bei ihm fühlte sie sich dazu verpflichtet, ihn zu beschützen. Darell hingegen...

„Wenn wir uns dafür entscheiden", murmelte Schiller und sah ihr eine gefühlte Ewigkeit lang in die Augen.

Ein unheimlicher, entfernter Gesang kroch ihr in die Ohren, und ihr Kopf fühlte sich plötzlich leicht an. Alles Blut in ihrem Körper schien nach vorn zu strömen und ihr Herz wild pochen zu lassen.

Sie ballte die Hände zu Fäusten. Oha. Versuchte der Mann etwa, sie zu hypnotisieren?

Sie dachte an den bösartigsten Hund ihrer Eltern und ihr Lieblingspferd namens Buck. Dann an ihren Vater, den sie als Kind als so groß und unbesiegbar empfunden hatte. Und schließlich an Pueblos, die Eingeborene hoch in die roten Felsen gebaut hatten. An alles, was sie mit Stärke und Unbeugsamkeit in Verbindung brachte. An Dinge, die Sicherheit und Schutz vermittelten und besagten: *Wage es bloß nicht, mich zu bedrohen.*

Schließlich löste Schiller den Blick von ihren Augen und wirkte leicht verschnupft.

Ganz recht, Arschloch, hätte sie ihm gern unter die Nase gerieben. *Mich kommandiert niemand herum.*

„Und wie sehen Ihre Pläne aus, Miss Starr?", fragte Schiller.

„Sobald Sie Ihren Anteil verkauft haben, meine ich. Vielleicht haben sie und ein Geschäftspartner ja vor…" Er machte eine ungewisse Geste mit der Hand.

Dakotas Kehle fühlte sich so trocken wie die Luft Nevadas an, doch sie wagte nicht zu schlucken.

Stattdessen verschränkte sie fest die Arme vor der Brust. „Ich wüsste nicht, was Sie das angeht."

„Vielleicht haben Sie ja vor, in der Nähe einen Konkurrenzbetrieb zu eröffnen."

Um ein Haar hätte sie schnaubend erwidert: *Glaub mir, Kumpel. Sobald ich aus Vegas raus bin, komme ich nie wieder zurück.*

Aber sie blieb sachlich. „Ich unterschreibe gern eine Wettbewerbsverbotsklausel, wenn Sie wollen."

Wieder musterte er sie entschieden zu lang, dann wandte er sich der Tür zu. „Vielen Dank für Ihre Zeit, Miss Starr. Unser Treffen war sehr informativ."

Gott, sie hoffte, er meinte das Geschäft und nicht sie.

„Ich werde meinen Investoren Bericht erstatten und mich bald bei Ihnen melden", kündigte Schiller abschließend an. „Versprochen."

Dakota spannte die Kieferpartie an. War das eine Drohung?

„Ich freue mich darauf", log sie und hielt ihm die Tür auf.

Trotzig stand sie in den Verwirbelungen, wo die künstlich gekühlte Luft auf die trockene Wüstenhitze von draußen prallte, und wünschte, ihre Besucher würden endlich verschwinden.

„Gute Nacht, Miss Starr. Es war mir ein Vergnügen."

Mit angewidert verzogenem Gesicht ließ sie die Tür zufallen. Dann lehnte sie sich dagegen und schloss die Augen. Heilige Scheiße. Wayne hatte echt nicht gescherzt, als er die Truppe als *verdammt gruselig* beschrieben hatte. Und kein Wunder, dass Dex so steif und fest behauptete, seine Bosse wären durch und durch skrupellos.

Dakota atmete tief durch und kehrte ins Büro zurück, um aufzuräumen. Na ja, eigentlich eher, um den Kopf frei zu bekommen. Denn offen gestanden fühlte sie sich ähnlich wie damals, als man sie in einem Spezialanzug in Brand gesteckt hatte. Technisch betrachtet nicht allzu gefährlich, trotzdem wirklich heftig.

Zwanzig Minuten später schloss sie das Büro ab und marschierte zum Ausgang. Den Schießstand würden Wayne und Darell dicht machen, sobald ihre Schicht zu Ende wäre. Dakotas Arbeit war getan.

„Tschüss", rief sie, obwohl keiner sie hören konnte. Damit ging sie nach draußen und stieg in ihren Pick-up, so erschöpft wie schon lange nicht mehr.

Aber sie wusste genau, wie sich das beheben ließ. Mit einer schöne, langen, nächtlichen Fahrt durch die Wüste.

Hot Shots lag am Stadtrand, deshalb dauerte es nicht lange, die Lichter und den Verkehr hinter sich zu lassen. Sie ließ die Fenster runter und den Wind durch ihr Haar fegen, während die Scheinwerfer die Welt klar in hell und dunkel unterteilten.

Dakota stieß den Atem aus. Mann, würde es schön sein, Dex zu sehen.

Sie hatten vereinbart, sich auf dem Parkplatz beim Painted Rock zu treffen, eine zwanzigminütige Fahrt. Unterwegs entspannte sie sich nach und nach dank ihrer Lieblingssongs von den Eagles, abgespielt von einem altmodischen Kassettendeck.

Take it easy...

Aber herrje. Über den Bergen braute sich ein Sturm zusammen. Einer jener wirbelnden Wüstenstürme voller aufgestauter elektrischer Energie, die blitzte und tobte.

Aber auch das wäre in Ordnung – sie könnte sich im Pick-up an Dex kuscheln, während der Sturm ihnen eine Show lieferte. Sie würde ihm von der Begegnung mit Schiller erzählen. Und vielleicht sogar die Stadt verlassen... schnell.

Als sie auf die Straße des staatlichen Parks abbog, warf sie einen Blick in den Rückspiegel. Und traute ihren Augen kaum, als ihr drei klobige SUV folgten.

Drei Besuchergruppen um diese Zeit? Unmittelbar hinter ihr?

Sie drehte sich für einen genaueren Blick um, dann griff sie nach dem Handy. Doch in dem Moment holperte der Pick-up über eine Unebenheit, und das Telefon verschwand aus ihrem Blickfeld.

„Mist."

Als die Geländewagen hinter ihr beschleunigten, wog sie ihre Möglichkeiten ab. Verfolgungsjagden waren nicht ihre Spezialität – zumindest nicht der Teil mit dem Fahren. Abgesehen davon bezweifelte sie, dass sie mit ihrem Pick-up die schicken SUV abschütteln könnte.

Dennoch trat sie das Gaspedal durch, während sie verzweifelt nach einem Ausweg suchte. Nur gab es keinen, da Felsbrocken beide Seiten der Straße säumten. Als einer der Geländewagen neben sie rasen wollte, schwenkte sie hin und her, ließ ihm keinen Platz dafür. Doch in einer Kurve schoss der SUV an ihr vorbei, stellte sich quer und blockierte die Straße.

Dakota trat auf die Bremse. Der Sicherheitsgurt spannte sich mit einem Ruck.

Einen Moment lang herrschte in der Wüste der Lärm quietschender Reifen, knallender Türen und lauter Rufe. Dann folgte eine unheimliche Stille, bis eine einzelne Stimme ertönte.

„Miss Starr. Mir scheint, wir sind noch nicht fertig miteinander."

Sie starrte hin. Schiller. Der verdammte Igor Schiller kam auf sie zu wie der König der Nacht.

Sie bemühte sich redlich, unbeeindruckt rüberzkukommen. „Haben Sie ein Angebot für mich?"

Schillers Lachen klang wie das Klirren von zerbrechendem Glas.

„Das könnte man tatsächlich so sagen."

Kapitel 6

Stöhnend öffnete Dakota die Augen. Zumindest versuchte sie es, doch die Lider erwiesen sich als zu schwer. Gedämpfte Stimmen murmelten um sie herum. Sie lag auf etwas Kaltem und Hartem.

„Neues Mädchen, was?", murmelte ein Mann.

„Ja. Mal sehen, wie lange sie durchhält", erwiderte jemand mit einem leisen Lachen.

So viel bekam Dakota mit, und beide Äußerungen ließen sie das Gesicht verziehen – weil sie ganz nach dem Sexismus klangen, der ihr bei so vielen Filmsets begegnet war.

Nur handelte es sich diesmal um keinen Job. Vielmehr steckte sie tief in Schwierigkeiten. Solchen der lebensbedrohlichen Art.

Ihr Haar ruhte staubig und schlaff über einer Hand. Als sie mit den Fingern zuckte, kratzten ihre Nägel über Stein. Harngeruch stieg ihr in die Nase. Sie befand sich definitiv nicht mehr in der Wüste. Aber wo dann?

In einem Verlies, kam ihr als Erstes benommen in den Sinn. Ähnlich wie jenes, aus dem sie in *Ritter der Apokalypse* entkommen war. In dem Film hatte sie vorwiegend Pferdestunts gemacht, aber auch die Kerkerszene hatte ihr Spaß bereitet. Ein wirklich schräger Gedanke zu einem solchen Zeitpunkt, doch im Augenblick stellte ihr Gehirn die seltsamsten Verbindungen her.

Das Letzte, woran sie sich erinnerte, waren Schillers Handlanger, die in der Wüste auf sie zugekommen waren, begleitet von einem üblen Geruch. Danach folgte nicht mehr viel, nur das vage Gefühl, getragen, auf einen Rücksitz gelegt und irgendwohin gefahren worden zu sein. Wohin wusste sie nicht, weil sie unterwegs das Bewusstsein verloren hatte.

Plötzlich schrammte Metall an Metall – ein Schlüssel, der in einem Schloss gedreht wurde? In Stiefel steckende Füße stapften davon und ließen Dakota in einer gedämpften Leere zurück.

Einer Leere, in der sie für Minuten oder auch Stunden trieb, bevor sie erneut versuchte, die Augen zu öffnen. Schließlich gelang es ihr, doch ihre Umgebung war in Schatten gehüllt. In der Ferne drang gelbliches Licht herein. Dakota rollte sich darauf zu und unterdrückte dabei ein weiteres Stöhnen. Gott, in ihrem Kopf drehte sich alles.

„Geht's dir gut, Lady?", flüsterte eine sanftere, freundlichere Stimme.

Langsam schob sie die Hände und Knie unter den Körper, rappelte sich wackelig auf alle viere und murmelte: „Super."

Der Mann lachte leise, wer auch immer er sein mochte.

Blinzelnd sah sich Dakota um. Verlies traf es recht gut. Oder eher ein Verlies, gekreuzt mit einem Gefängnis des Wilden Westens mit einer langen Reihe vergitterter Zellen. Gegenüber verlief eine zweite Zellenreihe, dazwischen erstreckte sich ein Gang. Das einzige Licht stammte von beiden Enden des Korridors. In der Ferne hörte man Stimmen. Wächter?

Langsam, unstet erhob sie sich auf die Beine und hielt sich an den Gitterstäben der Zelle fest.

„So riskierst du, eine Hand zu verlieren, Schätzchen", warnte ihr Nachbar sie und tippte sie an.

Als sie die Hand zurückkriss, lachte er.

„Oh, ich will dir nichts tun. Aber Fang da drüben schon." Er deutete mit dem Kopf zu einer der Zellen gegenüber.

Ein Knurren erhob sich aus der Dunkelheit. Etwas Großes und Pelziges bewegte sich. Lange, elfenbeinfarbene Zähne blitzten im schwachen Licht auf.

Dakota starrte hin. War das etwa ein Bär? Oder ein überdimensionierter Keiler?

„Zurück", befahl sie in einem barschen Ton, der bei wilden Hunden funktionierte.

Das Knurren verstummte abrupt, gefolgt von einem verwirrten Winseln. Dann seufzte das Tier – was auch immer es sein mochte –, hockte sich hin und kratzte sich mit seiner Hinterpfote am Ohr.

Dakota wandte sich langsam ab und streckte die Arme aus, um das Gleichgewicht zu halten. Ihre Sinne kehrten allmählich zurück, obwohl es sich schwierig gestaltete, in der Dunkelheit etwas zu erkennen. Von irgendwo links ertönte gedämpfter Jubel, begleitet vom Klirren von Stahl auf Stahl.

„Was ist das für ein Ort?"

„Die Gruben, Schätzchen", antwortete der Mann in der Zelle nebenan. „Wir sind fünf Stockwerke unter dem *Scarlet Palace*."

„Die Gruben?"

„Eine Kampfarena, wie das Kolosseum. Das weißt du nicht? Schiller und seinen blutsaugenden Handlanger betreiben sie."

Bei den Worten des Mannes klingelte bei Dakota etwas. Sie schaute zu ihm hinüber. Allmählich passsten sich ihre Augen an die düsteren Verhältnisse an. Er war groß, schlank und blass, genau wie Schiller und seine Bodyguards. Im Gegensatz zu ihnen jedoch war er ganz in Weiß gekleidet, wenn auch verdreckt.

„Moment. Du bist der Typ von der Demo, nicht wahr?"

Der Mann grinste und verneigte sich übertrieben. „Alon Edgar, zu deinen Diensten."

Sie zögerte, bevor sie antwortete. „Dakota Starr."

Seine Augen weiteten sich. „Dakota Starr? *Die* Dakota Starr?"

Beinah hätte sie gestöhnt. Der durchschnittliche Kinobesucher hatte keine Ahnung von ihr. Aber echte Kenner wie Wayne – und offenbar auch dieser Alon – schienen auch die Welt der Stuntleute im Auge zu behalten.

„Oh mein Gott. Ich bin ja so ein Fan. Ich finde alles von dir super, aber die Kriegerprinzessin Khloe Maxx..." Er schwang ein imaginäres Schwert. „Bleib zurück, Arschloch!"

„Ja, also... Danke."

Sie unterdrückte ein Seufzen, bevor sie die Gitterstäbe mit einem kräftigen Rütteln überprüfte. Da rührte sich nichts. Vielleicht gut so, wenn man bedachte, dass zu ihrer linken eine pelzige Bestie lauerte.

„Was hat es mit dem Ort hier auf sich? Und weiß die Polizei nichts davon?"

„Die Polizei will davon nichts wissen, Süße. Und wenn sie etwas wüsste, würde sie schreiend davonrennen wie die meisten Menschen."

„Menschen? Im Gegensatz zu..."

Alon zuckte mit den Schultern. „Vampiren natürlich." Als er ihren Blick bemerkte, schwenkte er eine Hand. „Ich weiß, ich weiß, du glaubst mir nicht. Und draußen in der Welt der Menschen würde das keine Rolle spielen. Aber wenn du hier unten überleben willst, solltest du Bescheid wissen. Nein, du *musst* Bescheid wissen."

Dakota wandte sich ab und konzentrierte sich auf das Licht am Ende des Korridors. Alon hatte eindeutig den Verstand verloren. Und sie hatte keine Zeit zu verlieren. Irgendwie musste sie entkommen.

„Sieh her, Schätzchen", zischte Alon. „Sieh einfach her."

Sie spähte weiter den Gang hinunter. „Nicht jetzt."

„Sieh mich an", beharrte er. Diesmal jedoch klang es undeutlich, als würde etwas mit seinem Mund nicht stimmen.

Dakota erstarrte, als sich seine Eckzähne zu Fängen verlängerten und seine Augen rot leuchteten.

„Was zum..."

„Siehst du?", lispelte Alon und drehte den Kopf nach links, damit sie ihn besser erkennen konnte. „Gott, ist es schwer, mit den Dingern vernünftig zu reden", klagte er und zog die Fänge wieder ein.

Dakota stand still. Das musste irgendein Trick sein, oder?

Dann dachte sie an die Protestaktion zurück, die ihr damals beim Wiedersehen mit Dex geholfen hatte, unbemerkt aus dem *Scarlet Palace* zu entkommen. *Haltet die Blutsauger auf!*, hatten die Demonstranten skandiert.

Dakota erstarrte. Das war wörtlich gemeint gewesen?

„Keine Sorge." Alon blinzelte das rote Leuchten in seinen Augen weg. „Im Gegensatz zu den unaufgeklärten Heiden, die hier alles leiten, trinke ich kein Blut."

Obwohl sich Dakota noch nicht sicher war, ob sie ihm glaubte, ließ sie ihn weiterreden. „Nicht?"

„Natürlich nicht. Wer weiß schon, was in menschlichem Blut drin ist?"

Dakota dachte darüber nach. Vielleicht hatte er recht.

„Ich lebe seit drei Jahren vegan und habe mich nie besser gefühlt. Sieh mich an!" Alon drehte sich hin und her, als wollte er eine wunderbare neue Figur präsentieren. „Ich fühle mich besser. Ich sehe besser aus. Ich habe mehr Energie. Und das Beste ist, dass ich nachts ruhig schlafen kann."

Dakota blinzelte. Ein veganer Vampir?

„Was trinkst du denn?"

„Oh, du weißt schon... Gazpacho, Rübensaft, Tomatensaft... und natürlich Ersatzstoffe auf Sojabasis. Ist erstaunlich, was man heutzutage alles aus Soja machen kann. Tatsächlich gibt es sogar einen tollen Laden in der Nähe der Fremont Street...", schwärmte er, bevor er seufzend verstummte. „Ich schwöre, wenn ich lebend hier rauskomme, gehe ich dort als Erstes hin."

Dakota verzog das Gesicht. Sie würde als Erstes schleunigst aus der Stadt verschwinden. Vampire hin oder her, sie hatte genug von Las Vegas.

Dann krampfte sich ihr Magen zusammen. Was war mit Dex? Wo steckte er? Ging es ihm gut?

Die Kreatur in der Zelle nebenan schüttelte ihr Fell und begann, auf und ab zu laufen, wie es einige der anderen Gefangenen taten. Manche waren Menschen, andere Tiere, wieder andere...

Sie starrte zu der Zelle gegenüber ihrer. Moment. Hatte sich darin nicht ein Mann befunden? Auf einmal sah sie nur noch einen Wolf. Er kauerte sich auf die Hinterbeine, hob die Schnauze und stimmte klägliches Geheul an.

Jemand warf eine Stahlschüssel. „Halt die Klappe, John."

Dakota runzelte die Stirn. Ein Wolf namens John?

„Gestaltwandler", erklärte Alon mit einem weiteren traurigen Seufzen. „Da du jetzt hier bist, kannst du es ruhig wissen."

„Gestaltwandler." Im Gegensatz zu ihren Nerven klang ihre Stimme völlig ruhig.

Alon nickte. „Du weißt schon. Wie ein Werwolf." Dann hellten sich seine Züge auf. „Hast du je einen Film mit Werwölfen gemacht?"

Dakota schüttelte den Kopf.

„Schade." Alon runzelte die Stirn. „Andererseits stellt Hollywood sie meistens falsch dar. Ich muss sagen, *Spartacus im Blut der Untoten* war voll von Klischees. Ich meine, ehrlich, die Umhänge waren völlig falsch, selbst für ein Historiendrama." Dann hob er die Hände. „Deine Rolle war trotzdem toll. Cosima Canddell ist voll krass drauf."

Dakota verdrehte die Augen und murmelte ihren üblichen Spruch. „Ich habe nur die Stunts gemacht."

„Die waren der beste Teil, Süße."

Dakota seufzte. Das galt für die meisten Filme, in denen sie mitgespielt hatte.

Alon sprach noch eine Weile über Vampire und Gestaltwandler. Er beschrieb eine ganze Parallelwelt, von der die meisten Menschen nichts wussten. Offenbar blieben die meisten Arten unter sich, manche vermischten sich jedoch auch miteinander.

„Meine Cousine Melody ist mit einem Drachengestaltwandler durchgebrannt. Ihre Eltern finden immer noch, dass es ein schwerer Fehler war, aber ich sage, man muss mit der Zeit gehen..."

Alon plapperte weiter von Vampiren und Werbären. Schließlich brachte er sogar Wasserspeier ins Spiel. Wasserspeier! Er hatte gerade mit irgendeinem Unsinn über ein Wolfsrudel begonnen, das ein nahes Casino betrieb, als das Licht am Ende des Gangs flackerte.

Dakota presste sich gegen die Gitterstäbe der Zelle und versuchte zu erkennen, wer – oder was – es verursachte.

„Hier lang", flüsterte eine von zwei Gestalten, die sich als Umrisse vor dem Licht abzeichneten.

Überall um Dakota herum erhoben sich Menschen und Tiere in ihren Käfigen, und Aufregung breitete sich wie eine Wolke aus. Einige knurrten, andere murmelten laut.

„Leise. Sonst kriegen die Wachen etwas mit."

Das legte nahe, dass es sich bei den beiden Männern im Gang um keine Wachleute handelte. Ihre verstohlenen Blicke verstärkten den Eindruck ebenso wie ihre schnellen, leisen Schritte.

„Dakota?", flüsterte einer.

Jeder Nerv in ihrem Körper zuckte, bevor ihr warm ums Herz wurde.

„Dex? Dex!", rief sie verhalten, als er ins Licht trat.

Er ergriff durch die Gitterstäbe der Zelle ihre Hände und zog sie an sich. „Geht's dir gut? Bitte sag, dass es dir gut geht."

Die Kreatur in der Zelle links neben Dakota knurrte und krallte an den Gitterstäben, aber ein harsches, gebieterisches Grollen von Dex ließ sie in den hinteren Teil zurückweichen.

„Es geht mir gut. Ich habe zwar keine Ahnung, was hier los ist, aber es geht mir gut." Dann ballte sie eine Hand zur Faust. „Nur würde ich Schiller am liebsten umbringen."

Dex schnaubte. „Nach mir." Er küsste ihre Hände und streichelte ihre Wange. Dann wandte er sich an den kleineren Mann neben ihm. „Beeil dich, Bob. Hol sie raus."

Bob fingerte an einem Schlüsselbund, größer als eine Frisbee-Scheibe. Die Schlüssel klimperten und klirrten so laut gegen die Gitterstäbe, dass Dex zusammenzuckte. „Leise!"

Die Gefangenen wurden immer unruhiger. Einer von ihnen zischte: „Passt auf!"

Dann schwang die Tür an einem Ende des Gangs auf, knallte gegen die Wand, und Licht flutete in den Korridor.

„Mist." Dex wirbelte mit kampfbereit erhobenen Fäusten herum.

Bob ließ die Schlüssel mit einem Quieken fallen und schien zu schrumpfen. Buchstäblich. Er kauerte sich hin, wurde kleiner und kleiner, bis nur noch ein Haufen Kleidung zurückblieb. Plötzlich tauchte daraus ein kleines, borstiges Tier auf – ein Igel, der durch die Schatten in Sicherheit davonhuschte.

„Siehst du?", sagte Alon wenig hilfreich. „Gestaltwandler."

Dakota hatte zwar keine Ahnung, was gerade passiert war, aber sie erkannte Ärger, wenn sie ihn sah. Sie tippte Dex auf die Schulter. „Geh. Verschwinde von hier."

„Auf keinen Fall. Ich habe dich da reingezogen, also hole ich dich auch wieder raus."

Vier große, bullige Wachleute stürmten auf ihn zu, und Dakota brüllte: „Du musst weg!"

Aber er rührte sich nicht. Er sah sie nur mit diesen dunklen, gefühlvollen Augen an. „Ich liebe dich, Dakota. Was auch immer als Nächstes passiert, vergiss das nicht. Bitte."

In seiner Stimme schwang beängstigend deutlich mit: *Als Gentleman muss ich mit dir untergehen.* Sie rüttelte an den Gitterstäben. „Nein, Dex. Geh. Bitte."

Aber er ging nicht. Er fletschte den nahenden Wachleuten die Zähne entgegen und entfesselte ein furchterregendes Knurren. Ein echtes Knurren.

„Dex...", flüsterte Dakota verzweifelt.

Dann fiel ihr die Kinnlade runter, als sich sein Körper zu verwandeln begann. Sein Rücken krümmte sich, seine Nägel verlängerten sich zu Krallen. Sein Hemd zerriss den Rücken entlang, und...

Dakota starrte hin, als darunter ebenholzschwarzes Fell zum Vorschein kam.

Alon stieß einen leisen Pfiff aus. „Schwarzer Panther. Habe ich lange nicht mehr gesehen."

Dakota quollen die Augen aus den Höhlen. Panther?

Sie sprang zurück, als sich die Großkatze und die Wachleute in einen wilden Kampf stürzten, der den Gefangenen Jubel entlockte. Die meisten schienen zwar auf Dex' Seite zu sein, dennoch verursachten Dakota die blutrünstigen Anfeuerungen Übelkeit.

„Warte, bis du erst die Gruben siehst", murmelte Alon, der ihre Gedanken zu lesen schien.

Darauf wollte Dakota lieber verzichten. Aber würde sie eine Wahl haben?

Weitere Wächter stürmten an. Sowohl mit Piken oder Netzen bewaffnete Menschen als auch Tiere, darunter Wölfe und Bären. So wacker Dex kämpfte, zahlenmäßig war er hoffnungslos unterlegen und...

„Macht die Tür auf!", rief jemand.

Einer der Wächter schnappte sich den fallen gelassenen Schlüsselbund und schloss die Tür zu Dakotas Zelle auf. Wäre sie bei klarem Verstand gewesen, hätte sie die Gelegenheit nutzen können, um nach draußen zu huschen. Stattdessen jedoch stand sie wie erstarrt da. Die Horde der Wachleute drängte den fauchenden, um sich krallenden Panther in ihre Zelle. Dann knallten sie die Tür zu und drehten den Schlüssel im Schloss.

Der Panther hieb zwischen den Gitterstäben hindurch. Die Wachen sprangen japsend zurück.

„Scheiße, Mann. Ich kann es kaum erwarten, ihn im Ring zu sehen", murmelte jemand.

Ein anderer Wachmann hielt sich die blutende Schulter. „Ich wette, er wird das Hauptereignis. Aber Scheiße, mir tut der arme Teufel leid, der den Zwischenfall hier Schiller melden muss."

Murrend und stolpernd zogen sich die Wachen zurück. Als die Tür hinter ihnen zufiel und den Großteil des Lichts kappte, senkte sich angespannte Stille über den Kerker.

Als der Panther in ihre Zelle gedrängt worden war, hatte sich Dakota mit dem Rücken an die Wand gepresst. Während er rastlos auf und ab lief, beugte sie sich vor.

„Dex?" Ihre brüchige Stimme drang durch die nahezu völlig still gewordene Umgebung.

Als sich der Panther umdrehte, wirkten die dunklen Augen vertraut, die ihrem Blick begegneten. Sehr vertraut.

Sie ging in die Hocke und streckte eine zittrige Hand aus. „Dex, bist das wirklich du?"

Kapitel 7

Dex bewegte sich erst einen vorsichtigen Schritt auf Dakota zu, dann noch einen. Gott, es war so weit. Der entscheidende Moment, in dem sie seine Gestaltwandlerseite entweder akzeptieren oder ablehnen würde. Er duckte sich, machte sich so klein wie möglich. Aber sein Schwanz peitschte hoffnungsvoll hin und her, seine Schnurrhaare zuckten.

Hör auf damit, befahl er seiner Großkatzenseite.

Ganz ruhig, säuselte sein Panther verträumt, als Dakota die Hand ausstreckte.

Kaum hatte sie seinen Kopf berührt, schlug sein Herz schneller. Und als sie anfing, ihn sanft an den Ohren zu kraulen...

Das fühlt sich so gut an. Sein Panther schloss die Augen, um ihren Duft zu genießen.

Ja, er tat es wirklich. So gut, dass er fast vergaß, wo er sich befand und warum.

Dann jedoch flüsterte sie seinen Namen, und es stürmte schlagartig alles wieder auf ihn ein.

Verlies. Zelle. Tief unter der Erde.

Er schwenkte den Kopf hin und her, nutzte seine scharfen Gestaltwandlersinne, um die Umgebung auszuloten. Von der Zelle links ging der feuchte, muffige Geruch eines Keilers aus – eines riesigen, wilden Exemplars, mehr Tier als Mensch. Der Gefangene rechts verströmte überhaupt keinen Geruch. Dex fletschte die Zähne und knurrte. *Vampir.* Schade, dass es sich nicht um Schiller handelte, der es mehr als verdient hätte, eingesperrt zu sein.

Irgendwo weiter unten in der Reihe der Zellen befanden sich ein wütender Bär, mehrere verbitterte Wölfe und mindestens ein Nashorngestaltwandler. Manche hatten ihre animalische Gestalt angenommen, andere ihre menschliche, beispielsweise der Erdferkelgestaltwandler gegenüber. Von Bob, der sich gerade noch rechtzeitig davongeschlichen hatte, fehlte jede Spur. Was wenigstens einen Funken Hoffnung auf Hilfe von außen ließ.

Aber Mist. *Außen* bedeutete außerhalb des Gefängnisblocks in dem Komplex tief unter dem *Scarlet Palace*. Wie konnte es nur so weit kommen?

Nach einem letzten zornigen Peitschen mit dem Schwanz verwandelte er sich und richtete sich langsam auf.

„Dakota", flüsterte er, die Stimme noch kratzig von den letzten Resten seiner Großkatzenseite.

Trotz der großen Augen und der leicht zittrigen Stimme, als sie das Wort ergriff, verschränkte sie in ihrer typisch taffen Haltung die Arme vor der Brust.

„Junge, Junge, hast du aber eine Menge zu erklären."

Er nickte. Ja, das hatte er.

Sie runzelte die Stirn. „Moment. Wie zum Geier funktioniert das eigentlich? Mach es noch mal."

Bei jeder anderen Seele auf der Welt hätte er sich geweigert. Immerhin war er kein dressiertes Zirkuspferd.

Hast du ein Problem mit Zirkuspferden? ertönte knurrend eine tiefe Stimme in seinem Kopf – die des Clydesdale-Gestaltwandlers ein paar Zellen weiter.

Dex ignorierte ihn, krümmte die Finger und entfesselte erneut seinen inneren Panther. Quälend langsam, damit Dakota sehen konnte, dass es sich um keinen Trick handelte. Es gab nur ihn, der von einem Körper zum anderen wechselte. Als er wieder seine Panthergestalt angenommen hatte, stolzierte er im Kreis und ließ sich von ihr betrachten.

Der Clydesdale-Gestaltwandler schnaubte. *Wer ist jetzt das Zirkuspferd, du Penner?*

Um ein Haar hätte Dex mit einem Fauchen darauf geantwortet, doch damit hätte er Dakota erschreckt. Außerdem ging eine gewisse Befriedigung damit einher, seiner Gefährtin seine zweite Seite zu offenbaren.

Ich glaube, sie mag mich, brummte sein Panther.

Oh Mann, das hoffte Dex aufrichtig. Langsam verwandelte er sich zurück und richtete sich auf zwei Beine auf.

Dakota blinzelte mehrmals. „Wie funktioniert das?"

Er zuckte mit den Schultern. „Darüber habe ich nie wirklich nachgedacht. Es passiert einfach."

Einen Moment lang wurde sie vor Verwunderung weich, dann jedoch verschränkte sie prompt wieder die Arme vor der Brust.

„Und wann genau wolltest du mir davon erzählen?"

Äh, nie? Bald? Dex hatte keine Ahnung, was er darauf erwidern sollte, weil er wie üblich improvisierte.

„Ich wollte es dir ja sagen, aber die Gelegenheit hat sich nie ergeben."

Zornig schüttelte Dakota den Kopf. „Verdammt, Dex. Wir schlafen seit sechs Wochen miteinander und du hast nie eine Gelegenheit dafür gefunden?"

Sämtliche Köpfe in der langen Reihe von Zellen drehten sich ihnen zu.

„Echt jetzt, Mann? Seit sechs Wochen?", tadelte ihn der Vampir in der Nachbarzelle.

„Was hast du dir dabei gedacht?", fügte der Bär ein Stück weiter unten hinzu.

Er hatte sich dabei gedacht... äh... äh...

Dex ließ die Zähne aufblitzen und übertrug seine Stimme donnernd in ihre Köpfe. *Haltet die Klappe!*

Im Zellentrakt wurde es still, während Dakota rot anlief. Mit gerunzelter Stirn ließ sie den Blick die anderen Käfige entlangwandern. „Warte. Hast du gerade... mit ihnen geredet?"

Er zuckte zusammen. „Nicht wirklich."

Sie stemmte die Hand in die Hüfte. Gott, war sie umwerfend, wenn sie wütend war.

„Nicht wirklich?"

Verdammt. Die Sache ging rasant bergab. „Wir können uns durch Gedanken verständigen."

Dakota sah sich um und wirkte dabei eindeutig nicht amüsiert. „Mit den Deppen hier redest du also, aber nicht mit mir? Richtig, meine ich."

„So erobert man keine Frau", lehrmeisterte der Vampir.

Diesmal wirbelten sowohl Dex als auch Dakota zu ihm herum und herrschten ihn an: „Halt die Klappe!"

Dann drehte sich Dakota wieder Dex zu, die Züge röter als je zuvor. „Noch irgendwelche Geheimnisse, die du mir vorenthalten wolltest?"

„Nein! Ich meine..."

Abrupt schaute sie auf. Ihre Nasenflügel blähten sich. „Ja?"

Wow. Verärgert bot Dakota einen wirklich imposanten Anblick. Genau wie im Bett, wenn sie die äußere Schicht ihrer Selbstbeherrschung abgelegt hatte.

Ungeduldig klopfte sie mit dem Fuß und blaffte: „Jetzt rede schon endlich. Und tisch mir bloß keinen Blödsinn auf. Keine Geheimnisse mehr."

Das Heu auf dem Boden der anderen Zellen raschelte, als alle so nah wie möglich kamen.

Dakota zuckte zusammen und hob die Hände. „Nein, warte. Zieh dir gefälligst was an, um Himmels willen."

Hoppla. Dex hatte vergessen, dass seine Kleidung bei der Verwandlung zerrissen war. Zum Glück erbarmte sich ein Mitgefangener und warf eine Jogginghose durch die Gitterstäbe der Zelle.

„Danke", murmelte Dex und zog sie an.

Seine Pantherseite bedauerte es. Immerhin hatte Dakota ihn schon oft nackt gesehen – und umgekehrt. Doch im Augenblick schienen sich jene zärtlichen, intimen Momente weit entfernt zu befinden.

Dex trat näher zu ihr und senkte die Stimme. „Okay, keine Geheimnisse mehr." Seine Gedanken überschlugen sich, während er überlegte, wo er anfangen sollte. „Äh... Mein Name ist nicht wirklich Dex."

Ihre Augen blitzten. „Ach nein? Wie heißt du dann? George? Henry? Roger?"

„Roger?", protestierte er.

Sie forderte ihn mit einer Kurbelbewegung auf, fortzufahren.

Er sah sich erst um, bevor er ihr zuflüsterte.

Dakota legte den Kopf schief. „Was?"

Schnaubend sah sich Dex erneut um. Niemand außer seiner Familie kannte seinen richtigen Namen. Niemand.

„Was glotzt ihr alle so?", grummelte er.

Alle flitzten davon – außer dem Erdferkel. Dex bewarf es mit Kieselsteinen, bevor er sich näher zu Dakota lehnte und so leise wisperte, dass nur sie ihn hören konnte.

Oder vielleicht doch nicht, denn sie legte eine Hand ans Ohr. „Wie war das?" Dann warf sie die Hände hoch. „Verdammt, Dex, verstehst du das unter kommunizieren?"

Kurz biss er die Zähne zusammen, bevor er herausplatzte: „Ich heiße Poindexter, okay?"

Der Vampir hinter ihr grinste, jemand anders lachte leise in der Dunkelheit dahinter. Verflixt. Selbst wenn er die Gruben überlebte, darüber würde er nie hinwegkommen.

„Oh. Okay, was noch?", hakte Dakota nach, als wäre das nicht genug. Verstand sie nicht, wie persönlich das für ihn war?

Nein, merkte sein Panther an. *Kann sie gar nicht, weil du nie mit ihr geredet hast.*

Er schürzte die Lippen. Seine zwei größten Geheimnisse an einem Tag, und sie wollte noch mehr?

Dann fiel ihm ein, was für ein anderes Geheimnis er hatte – eines, von dem er ihr unbedingt erzählen sollte, wenn er schon dabei war, schonungslos alles offenzulegen. Aber verdammt. Dass sie vom Schicksal auserkorene Gefährten waren, fand er am schwierigsten von allem zu erklären.

„Etwas ist da noch", flüsterte er und hoffte halb, sie würde es nicht hören.

Argwöhnisch musterte sie ihn. „Du bist schwul?"

Überall im Zellenblock wurde aufgehorcht.

„Nein!"

Ihre Mundwinkel verzogen sich zu einem schelmischen Grinsen. „Na schön, du Sensibelchen. Was ist es dann?"

Du bist meine Gefährtin. Dex ließ sich die Worte durch den Kopf gehen und fragte sich, was sie darauf wohl erwidern würde.

„Ich bin mir nicht sicher, ob du es wissen willst", gestand er schließlich.

Seufzend lehnte sie sich gegen die Steinmauer. „Du hast recht. Bin ich mir auch nicht."

Einen Moment lang herrschte Stille. Dann wandte sich Dakota an das Erdferkel. „Meinst du, dass ich es wissen will?"

Der Erdferkelmann schaute zwischen Dex und ihr hin und her, bevor es mit den Schultern zuckte. „Schwer zu sagen. Unwissenheit ist ein Segen, aber Wissen ist Macht."

Dex bewarf ihn mit einem weiteren Kiesel. „Du sollst nicht lauschen, Mann."

Das Erdferkel huschte in den hintersten Winkel seiner Zelle. Angespannte Stille breitete sich in dem weitläufigen Trakt aus, während Dakota über den Rat nachdachte.

„Okay, sag es mir", flüsterte sie schließlich.

„Bist du sicher?"

Sie knirschte mit den Zähnen. „Nein, bin ich nicht. Aber sag es mir trotzdem."

Dex atmete tief durch. „Du bist meine... meine..."

Wieder diese Kurbelgeste mit der Hand, um es aus ihm herauszuziehen.

„Meine..."

In dem Moment schwang die Türen am Ende des Gangs mit einem Knall wieder auf. Mehrere große Gestalten kamen den Korridor entlang.

Dex trat vor. Wenn diese Brutalos vorhatten, ihn von Dakota zu trennen, konnten sie sich auf etwas gefasst machen.

Aber nicht nur die Handlanger sorgten dafür, dass sich alle Gefangenen in die Schatten ihrer Zellen zurückzogen. Der große Boss höchstpersönlich begleitete sie.

„Sieh an, sieh an." Igor Schillers Blick bohrte sich erst in Dex, dann in Dakota. „Mr. Davitt und Miss Starr, glücklich wiedervereint unter dem *Scarlet Palace*."

„Eher im Dickdarm des *Scarlet Palace*", brummte Dakota und betonte *Dickdarm*.

„Wie bedauerlich, dass Sie mit ihrer Unterkunft nicht zufrieden sind. Aber ich fürchte, das passiert, wenn jemand unangemeldet kommt." Schillers Augen leuchteten rot auf.

Dex unterdrückte den Drang, finster zurückzustarren. Schiller zu trotzen, wäre nicht nur ein Spiel mit dem eigenen Leben, sondern auch mit dem von Dakota. Also warf er den einzigen Trumpf in die Waagschale, den er hatte, und hoffte verzweifelt auf einen Deal.

„Lassen Sie Dakota gehen, dann gebe ich das Geld zurück."

„Ah ja." Schiller seufzte. „Das gestohlene Geld."

„Nicht gestohlen. Wir haben uns an die Regeln gehalten."

Schiller schnaubte. „Vielleicht an die Regeln von Blackjack. Aber als Mitarbeiter..." Sein Ton wurde bedrohlich.

Dex umklammerte die Gitterstäbe der Zelle und deutete damit an, wie er Schiller würgen würde, wenn er je die Gelegenheit dazu bekäme.

„Wollen Sie wissen, wo das Geld ist, oder nicht? Ohne mich finden Sie es nie."

Schiller zuckte mit den Schultern. „Geld haben wir reichlich. Du hast uns vielmehr unseren Stolz gestohlen."

„Stolz?", meldete sich der Vampir in der Zelle nebenan zu Wort. „Wie kannst du von Stolz reden, du blutsaugende Made? Du bist eine Schande für alle Vampire. Weißt du nicht, dass sich die Zeiten geändert haben?"

Schiller drehte sich langsam zu ihm um. „Du, Alon, bist die Schande. Aber keine Sorge. Ich habe Pläne mit dir."

Er wandte sich wieder Dex und Dakota zu, musterte die beiden. So still und lange, dass Dex' Haut zu kribbeln anfing. Was hatte der Vampir im Sinn?

Etwas Grausames, wenn man danach ging, wie sich Schiller langsam über die Lippen leckte. „Zum Glück haben sich Mr. Davitt und Miss Starr zu einem äußerst günstigen Zeitpunkt für ihren Besuch bei uns entschieden. Zufällig erwarte ich gerade wichtige Gäste, für die ich ein Festessen veranstalten will." Er beugte sich näher und grinste. „Ein ganz besonderes."

Dex drehte sich der Magen um. Er hatte von den „Festessen" gehört, die Schiller für VIPs veranstaltete – mehrgängige Veranstaltungen mit Delikatessen, die Vampire wie edle Weine verkosteten. Das Blut einer Jungfrau, frisch aus der Ader. Ganze Sammelsurien exotischer Tieraromen, von Giraffe bis hin zu Gazelle. Als Hauptgang gab es frisches Gestaltwandlerblut, zum Nachtisch das Seltenste vom Seltenen – Tropfen importierten Einhorn- oder Drachenbluts, die angeblich Hunderttausende Dollar kosteten.

Einige der „Spender" überlebten, andere nicht. Die Geschichten waren derart blutig und so haarsträubend, dass Dex sie nie wirklich geglaubt hatte. Mittlerweile war er sich nicht mehr so sicher.

Alon schnaubte laut. „Was für eine Verschwendung."

Unbeeindruckt schwenkte Schiller eine Hand. „Du bist wohl kaum qualifiziert, das zu beurteilen."

„Mag sein, aber eine verpasste Geschäftsmöglichkeit erkenne ich sehr wohl." Damit wandte sich Alon abrupt ab.

Schiller runzelte die Stirn und verengte die Augen zu Schlitzen, während Alon vor sich hin murmelte. „Nur zu. Lass ruhig die Chance sausen, das nachlassende Interesse an den Gruben wiederzubeleben…"

Schillers Blick verdüsterte sich, als er sich an einen seiner Männer wandte. Einen, den Dex als Bernie erkannte, den Entertainmentleiter des *Scarlet Palace*. Als Schiller mit scharfem Blick eine Augenbraue hochzog, schrammte der Mann nervös mit einem Fuß am Boden.

„Wir erleben gerade einen vorübergehenden Einbruch der Einnahmen. Das ist völlig normal, Sir."

Alon schnaubte verächtlich. „Alle Übernatürlichen in der Stadt wissen, dass sich die wahre Action dank der neuen Meerjungfrauen-Show neuerdings im *Lone Wolf Casino* abspielt."

Wieder schwenkte Schiller abfällig die Hand. „Unechte Meerjungfrauen. Jeder Vampir merkt das mit einem Schnuppern. Mir ist schleierhaft, wie darauf jemand hereinfallen kann."

„Tatsache ist, dass es funktioniert", merkte Alon an.

Schiller überlegte, dann warf er Bernie einen frostigen Blick zu.

„Keine Sorge, Sir", beteuerte der Manager schnell. „Wir haben eine aufregende neue Show geplant."

Schillers Züge wurden nur noch verkniffener. „Wie aufregend?"

Alon gähnte. „Lass mich raten. Mehr Gladiatorenkämpfe. Die total passé sind."

Bernie schüttelte rasch den Kopf. „Etwas Größeres. Besseres. Neueres…"

Schiller drängte ihn mit einer Geste dazu, zum Punkt zu kommen.

Bernie schluckte, beugte sich vor und flüsterte etwas. Dex verstand kein Wort, abgesehen von Bernies abschließendem Versprechen. „Tod hinter jeder Ecke."

Schiller setzte ein zufriedenes Lächeln auf. „Na, was sagst du jetzt?"

Dex knirschte mit den Zähnen. Er konnte dazu gar nichts sagen, weil er nicht mitbekommen hatte, worum es ging.

Alon wirkte nicht beeindruckt. „Und wer soll lang genug durchhalten, um eine gute Show zu garantieren?" Er deutete in Richtung der anderen Zellen. „Etwa das begriffsstutzige Nashorn? Oder der alternde Keiler?"

Das Wildschwein knurrte, und der Nashorngestaltwandler brummte: „Begriffsstutzig? Sagt wer?"

„Du brauchst Hochspannung", sagte Alon. „Haarsträubende Fluchtversuche! Triefendes Blut! Und ich glaube, die beiden sind dafür genau richtig." Er zeigte auf Dex und Dakota.

Dex schleuderte ihm einen vernichtenden Blick zu. *Sprich mal nur für dich selbst, Arschloch.*

Aber Schiller schürzte die blutleeren Lippen und musterte die beiden auf völlig neue Weise.

„Ich muss zugeben, das hat Potenzial", murmelte er.

Dex knirschte mit den Zähnen. Das Potenzial, seine wahre Liebe umzubringen – und ihn?

Schiller runzelte die Stirn. „Allerdings ist da noch die Sache mit dem Festessen…"

„Das ist viel besser als ein Festessen", warf Alon ein. „Und was für eine Botschaft es vermitteln würde! Der Panther, der dachte, er könnte dich um eine Million Dollar bringen, bezahlt dafür den ultimativen Preis."

Dex trat gegen die Gitterstäbe der Zelle. „Du bist nicht hilfreich, Arschloch."

Dann schaute er verdutzt drein, weil Alon ihm zuzwinkerte. Die Geste besagte: *Vertrau mir.* Ganz so, als hätte er einen Plan.

Dex runzelte die Stirn. Auf den Plan eines Vampirs sollte man sein Leben besser nicht setzen.

Schiller strich sich langsam übers Kinn. „Ich denke, das hat etwas für sich."

„Du denkst?" Alon schnaubte verächtlich. „Festessen sind schön und gut, aber ein aufsehenerregender Kampf bringt Millionen ein. Millionen. Sag es ihm, Bernie."

„Millionen, Sir", bestätigte Bernie. „Vor allem, wenn man Ticketverkäufe, Konzessionen und Merchandising berücksichtigt..."

Dakota warf Dex einen Blick zu und bildete mit den Lippen: *Merchandising?*

Wieder legte Dex die Stirn in Falten. Bedeutete das Actionfiguren von ihm und Dakota, die für stundenlangen blutrünstigen Spaß zerlegt und wieder zusammengesetzt werden konnten?

Alon nickte enthusiastisch. „Guter Plan."

Bernie strahlte.

„Natürlich solltest du deine Kämpfer gut behandeln, wenn du eine richtig gute Show willst." Alon schrammte mit dem Fuß verächtlich durch das Heu auf dem Boden. „Keine Ahnung, wie jemand unter solchen Bedingungen gute Leistungen erbringen soll."

„Das ist vollkommen ausreichend", rechtfertigte sich Schiller verschnupft.

Alon schnaubte. „Das ist der zweite Platz hinter dem *Lone Wolf Casino* auch."

Schillers Hände ballten sich zu Fäusten, und in seine blassen Wangen trat ein Anflug von Farbe. „Wir werden uns auf keinen Fall mit dem zweiten Platz hinter diesen verfluchten Wölfen begnügen!" Er richtete den Blick der rot leuchtenden Augen auf Bernie.

Sein Entertainmentmanager schrak zurück. „Sir?"

Schiller zog eine Augenbraue hoch und ließ frostiges Schweigen anhalten.

Bernie schluckte. „Na ja, unser letzter Star hat sich über Monate gehalten, als wir ihm ein paar Vergünstigungen gewährt haben."

Schiller schaute finster drein. „Vergünstigungen?"

Bernie nickte. „Unterbringung in einer Luxuszelle, Mahlzeiten von oben…"

Alon nickte zustimmend. „Kyrill war doch wochenlang die Hauptattraktion bei deinen Kämpfen, oder?" Dann seufzte er. „Ach, waren das Zeiten. Seither geht es nur noch bergab."

Dex verzog das Gesicht. Kyrill hätte ihm wahrscheinlich zugestimmt, aber ihn hatte in den Gruben das vorzeitige Ende ereilt.

Alon behielt jenen Blick aufgesetzt, der besagte: *Spiel mit, Kumpel. Ich schwöre, es wird funktionieren.*

Schiller überlegte noch kurz, dann schnippte er mit den Fingern. „Wachen, verlagert die beiden in die Luxuszelle." Er ließ ein grausames Lächeln aufblitzen. „Genießen Sie Ihre neue Unterkunft, Mr. Davitt, Miss Starr. Oder vielleicht sollte ich hinzufügen, solange Sie können."

Damit wandte er sich abrupt ab und steuerte auf den Ausgang zu. Wenige Minuten später wurden Dex und Dakota aus ihrer Zelle geholt und den Hauptgang hinuntergeführt. Die Blicke Dutzender Augenpaare folgten ihnen, manche neidisch, andere mitleidig.

„Du spinnst doch, Mann", raunte einer der Wachmänner zu Dex. „Warum bist du mit der Kohle nicht einfach abgehauen?"

Die offensichtliche Antwort darauf lautete: *Ich wünschte, das wäre ich.* Aber nein. Denn es hätte nicht gestimmt.

Er schaute zu Dakota an seiner Seite und murmelte, ohne den Blickkontakt mit ihr zu unterbrechen: „Weil ich sie liebe. So einfach ist das. Ich werde sie bis ans Ende meiner Tage lieben."

Kapitel 8

Als die Tür hinter Dakota zugeschlagen wurde, schluckte sie. Weniger wegen des Geräuschs in einem schweren Schloss, sondern wegen Dex' Worten.

Ich werde sie bis ans Ende meiner Tage lieben.

Ihre Lippen bebten, während sie ihn anstarrte. Alles hatte sich so schnell ereignet, dass ihr keine Zeit geblieben war, über alles nachzudenken. Nun jedoch, da sie es tat...

Der Wachmann hatte recht. Dex hätte Las Vegas schon vor Wochen mit dem Geld verlassen können. Und verdammt. Er hätte nicht alles für den Versuch riskieren müssen, sie zu befreien.

Sie schluckte. „Es stimmt. Du hättest verschwinden und diesen Schlamassel vermeiden können."

Sein Adamsapfel hüpfte auf und ab. Gleich darauf schüttelte er den Kopf. „Ohne dich gehe ich nirgendwohin."

Sie verschränkte die Arme vor der Brust. „Weißt du, ich bin immer noch wütend." Schon aus Prinzip.

Dex lachte. „Das gehört zu den Dingen, die ich so an dir liebe." Dann fielen seine Züge in sich zusammen. „Aber ich hätte nie damit gerechnet, dass es so weit kommt. Ich wollte nie, dass du in Gefahr gerätst."

Ihr Herz schlug ein bisschen schneller und lauter. „Liebe, hm?"

Er nickte. „Liebe. Wahre Liebe. Für immer." Er ließ ein mattes Lächeln aufblitzen. „Tut mir leid, dass ich so lange gebraucht habe, um es herauszufinden. Mit Karten bin ich wohl schneller als mit Liebe."

Ihre Gefühle wirbelten durcheinander, weil ein Teil von ihr wütend bleiben wollte. Ein anderer wollte sich auf den Teil mit *für immer* stürzen, ihn festhalten und nie mehr loslassen.

Einen Moment später brach ihr Schutzwall endgültig zusammen, und sie warf die Arme um ihn. Dann schmiegte sie sich zur innigsten Umarmung der Welt an ihn.

„Vielleicht waren wir beide zu langsam dabei, es zu erkennen", murmelte sie an seinem Hals. Dex konnte sie manchmal in den Wahnsinn treiben – dennoch hatte sie noch nie mit jemandem so viel Spaß gehabt wie mit ihm, und sie hatte sich noch nie so lebendig gefühlt. Außerdem stimmte, was der Wachmann gesagt hatte. Dex hätte ohne Weiteres das Geld nehmen und das Weite suchen können.

Sie hielt ihn noch eine Weile fest, bevor sie sich gerade weit genug zurückzog, um ihn küssen zu können. Wenn auch nur kurz, eine Geste die besagte: *Ich liebe dich, aber Mann, stecken wir in der Tinte.*

Dex schmiegte sich mit den perfekten Konturen seines Barts an ihre Wange, ein Gefühl, das sie liebte – halb stoppelig, halb glatt. Dann seufzte er und sah sich um. „Du hast recht. Wir stecken ganz schön tief in der Tinte."

Sie starrte ihn verdattert an. Hatte er gerade ihre Gedanken gelesen? Dann kam ihr in den Sinn, dass es eine Gestaltwandlereigenart wie die Verständigung mit den anderen in ihren Zellen sein könnte.

Falls ja, fühlte sie sich im Augenblick nicht bereit dafür, sich mit den Einzelheiten auseinanderzusetzen. Stattdessen schwenkte sie die Hand und schlug gekünstelt einen unbeschwerten Ton an. „Tja, immerhin haben wir ein Upgrade auf die Luxuszelle gekriegt."

„Ist irgendwie ein Widerspruch in sich, findest du nicht auch?"

Sie seufzte. „Definitiv. Aber vielleicht haben wir hier eine bessere Chance, auszubrechen."

Sie begann, sich umzusehen. Dex tat es ihr gleich. Zusammen durchsuchten sie jeden Quadratzentimeter der Räumlichkeiten. Es gab weder Fenster noch Luftschächte, durch die sie entkommen könnten wie Dakota damals am Set von *Todesdeal*. Auch keinen Zugang zu Elektronik, um falschen Alarm auszulösen. Sicherheitstechnisch schien der Ort so unbezwingbar zu sein wie Alcatraz.

Aber die Annehmlichkeiten...

Ein Flachbildfernseher nahm den größten Teil einer Wand ein. Die Minibar erwies sich als voll von Snacks und Getränken. Eine Tür führte in ein Badezimmer, größer als ihre gesamte Wohnung, ausgestattet mit großen, flauschigen Handtüchern, einer Dusche und einer separaten Badewanne sowie einem dampfenden Whirlpool. Durch eine Nebentür gelangte sie in einen begehbaren Schrank, vollgestopft mit Kleidern in allen erdenklichen Größen. Eine andere Tür offenbarte dahinter eine Sauna. Tatsächlich entdeckte sie noch eine Tür zu einem privaten Trainingsraum der halben Größe eines Basketballfelds mit Gewichten und Waffen in einer robusten Vitrine.

Seufzend kehrte sie ins Wohnzimmer zurück und deutete auf Briefpapier des *Scarlet Palace*, das auf dem Schreibtisch dort lag.

„Denkt Schiller etwa, ich würde ein Testament verfassen und ihm alles vermachen?"

Dex erwiderte nichts. Dafür konzentrierte er sich zu sehr auf die goldgerahmten Porträts an den Wänden, die jeweils einen wild wirkenden Mann oder ein Tier zeigten.

Dakota stellte sich neben ihn. „Lass mich raten. Die Ruhmeshalle der Kampfgruben?"

Dex nickte langsam. „So ungefähr."

Mit zusammengekniffenen Augen betrachtete sie die Beschriftungen und erbleichte. Jemand namens Kyrill schien einen zweifelhaften Rekord zu halten – zwölf Wochen bis zu seinem vorzeitigen Ableben.

Sie ging zum extragroßen Bett, ließ sich darauf plumpsen und starrte an die Decke.

Wollte sie zumindest, doch es handelte sich um ein Wasserbett, das zu schaukeln anfing wie ein kleines Boot in der stürmischen See des Nordatlantiks. Als es sich letztlich beruhigte, flüsterte sie: „Vielleicht hättest du doch einfach mit dem Geld verduften sollen."

Dex gesellte sich zu ihr und löste damit einen weiteren kleinen Tsunami aus. Ein Fluch rutschte ihm heraus. Als die Wellenbewegungen schließlich nachließen, flüsterte er: „Ich bereue nichts."

Gott, was liebte sie seinen Bass.

„Nicht mal, dass du dich überhaupt erst in die Sache hast verwickeln lassen?"

Er grübelte darüber, dann schüttelte er den Kopf. „Nicht mal das. Tanner hat es für eine gute Sache getan – um den Bau eines Casinos an einem unberührten Ort zu verhindern. Und meine Schwester hätte mit meinem Anteil unheimlich viel bewirken können."

Dakotas Kehle wurde trocken, weil er die Vergangenheitsform benutzte. Trotzdem bohrte sie nach, weil sie mehr erfahren wollte. „Deine Schwester?"

Dex erklärte ihr die Details der Stiftung zur *Rettung der Panther in Florida* und ging auf die Parallelen zu Tanners Mission ein, den von seinem Bärenclan so geschätzten Wald zu schützen.

Als Dakota darüber nachdachte, fühlte es sich mehr nach *Robin Hood* als nach einem Raub an.

„Zum ersten Mal im Leben hatte auch ich eine Mission – eine gute..." Bei der Hoffnung und dem Stolz in Dex' Stimme schwoll ihr Herz an. Dann verzagte es ein wenig, als er traurig seufzte. „Ich wünschte, wir könnten was tun, um Schiller für immer das Handwerk zu legen."

Sie schob den Unterkiefer hin und her, während sie darüber grübelte. „Lass uns damit anfangen, hier lebendig rauszukommen." Vorsichtig drehte sie sich ihm zu und strich über die Umrisse seines klar konturierten Barts. „Okay, denk positiv. Gehen wir mal davon aus, dass wir den Kampf gewinnen, den sie planen."

„Selbst wenn, hilft uns das nicht groß. Wenn man in den Gruben gewinnt, wird man nur in den nächsten Kampf geworfen." Dex schüttelte den Kopf. „Außerdem sind die Gegner Gestaltwandler und Vampire. Was willst du gegen sie ausrichten? Waffen stellen sie einem da drin nicht zur Verfügung. Jedenfalls keine, von denen du etwas verstehen würdest."

„Versuch's mal", forderte sie ihn mit knurrendem Unterton heraus.

„Ich habe nur einen Kampf gesehen. Einer der Kämpfer hatte dabei so ein komisches, gekrümmtes Schwert…"

Er deutete die Form mit den Händen an und löste selbst mit der geringen Bewegung eine Wellenbewegung des Betts aus.

„Du meinst eine *Sica?*"

Er starrte sie an. „Eine was?"

Sie verdrehte die Augen. „Bei *Spartacus im Blut der Untoten* war ein historischer Berater am Set. Ich musste mit einem Tiger ringen, mir dann das Schwert des Thraex schnappen und damit den Retiarius erledigen. Du weißt schon – der Typ mit dem Dreizack."

Er blinzelte. „Dreizack?"

Sie tippte ihm auf die Brust. „Vielleicht müssen wir uns eher um dich Sorgen machen, Champion. Vor allem, falls dich ein Retiarius mit einem Netz angreift."

Sein Gesichtsausdruck wurde völlig leer, was sie beunruhigte. Dann machte er eine abwiegelnde Geste. „Wie auch immer. Dabei wird nichts geprobt wie bei einem Film, Dakota. Und ganz sicher scheren die sich nicht um Verletzungen oder Versicherungen."

Verzweiflung nagte an den Rändern ihrer Seele. „Willst du damit sagen, dass es keine Hoffnung gibt?"

„Ich will damit nur sagen, dass unsere Chancen dürftig sind."

Sie starrte noch ein wenig länger an die Decke, dann seufzte sie. „Irgendeine Ahnung, wie viel Zeit wir haben, bis sie uns holen kommen?"

Dex' Miene wurde verkniffen. „Die Kämpfe am Freitagabend ziehen immer die meisten Zuschauer an. Damit haben wir plus minus achtundvierzig Stunden."

Ein Kloß bildete sich in ihrem Hals. Noch achtundvierzig Stunden zu leben?

Dakota versuchte bestmöglich, sich nichts anmerken zu lassen. „Wir brauchen also einen Plan. Und zwar schnell."

Dex sah sie an. „Ich sage es nur ungern, aber Pläne haben die unerfreuliche Eigenart, auseinanderzufallen." Dann hellten sich seine Züge auf. „Andererseits hatte ich nie geplant, dir zu begegnen, und das war gut so.“

Sie schmunzelte, bevor sie wieder ernst wurde. „Das ist wohl der Trick – mit einem Plan gewappnet anzutreten, aber gleichzeitig zum Improvisieren bereit zu sein.“

Dex grinste. „Das kann ich.“

Dakota überlegte. Die besten Stuntteams nutzten optimal die jeweiligen Stärken aller Beteiligten. Das schien ein guter Ausgangspunkt zu sein. Sie könnte den Plan – und mehrere Reservepläne – aushecken, während sie darauf vertraute, dass Dex improvisieren würde, wenn es der richtige Zeitpunkt dafür wäre.

Was sie zum zweiten entscheidenden Faktor eines Teams brachte. Vertrauen.

Dakota sah Dex in die Augen und überraschte sich selbst mit einem entschlossenen Nicken. Sie konnte ihm vertrauen.

„Ich vertraue dir auch“, flüsterte Dex und drückte ihre Hand.

Sie starrte noch eine Weile an die Decke, dann setzte sie dazu an, aufzustehen. Aber da das Wasserbett wieder unberechenbar schaukelte und zudem Dex ihre Hand ergriff, kam sie nicht weit.

„Da ist noch etwas, das ich dir sagen muss.“ Seine Stimme klang beängstigend resignierend – wie die eines Verurteilten auf dem Weg zum Schafott.

„Okay.“ Sie legte sich wieder hin und täuschte ein Seufzen vor. In Wirklichkeit harrte sie gespannt seiner Worte. „Etwas anderes, als dass du dich in einen Panther verwandeln kannst, nicht schwul bist und eigentlich Poindexter heißt?“

Eine lange Zeit sah er sie nur an. Dann flüsterte er: „Du bist meine vom Schicksal auserkorene Gefährtin.“

Dakota konnte ihm nicht folgen. „Deine was?“

Er schürzte die Lippen, während er nach Worten suchte. „Meine Gefährtin. Mein Schicksal.“ Er schüttelte den Kopf und murmelte: „Ist so 'ne Gestaltwandlersache.“

Wie schon so oft lagen sie in einem Bett, Seite an Seite, von Angesicht zu Angesicht. Und dennoch fühlte es sich völlig anders an, weil sie nicht mehr nur unbeschwert herumspielten.

Seine Augen wirkten so dunkel und aufrichtig. Seine Stimme strotzte vor Sehnsucht. Eine andere Seite von Dex – die er nicht oft durchschimmern ließ.

Er berührte sie an der Schulter. „Gestaltwandler besitzen mehr Sinne als Menschen. Nicht nur zum Riechen, Sehen, Spüren oder Schmecken. Auch einen für... na ja, das Schicksal eben. Es teilt uns mit, wenn wir die Richtige gefunden haben."

Wie er es aussprach, vermittelte ihr den Eindruck, die Worte wären so wichtig, dass sie alle in Großbuchstaben geschrieben worden wären. *Die RICHTIGE.*

„Die Person, mit der man für immer zusammen sein soll. Die man immer lieben wird."

Sie starrte ihn an. Seine Augen leuchteten voller Hoffnung – und Angst. Nur wovor – dass sie ihn zurückweisen würde? Obwohl sie mittlerweile wusste, was er für sie getan hatte?

„Die Menschen bezeichnen es als Seelenverwandtschaft, sind aber nicht wirklich gut darin, sie zu erkennen", fuhr er fort. „Gestaltwandler schon. Denn wenn man sie trifft – die Person, die einem das Schicksal geschickt hat, weil man für immer zusammengehört –, dann weiß man es." Plötzlich runzelte er die Stirn. „Zumindest sollten Gestaltwandler es auf Anhieb merken. Bei mir hat es eine Weile gedauert, bis ich es kapiert habe, aber jetzt weiß ich es. Und dem Schicksal unterlaufen keine Fehler wie den Menschen. Wenn man seine Gefährtin gefunden hat, dann ist das endgültig. Man ehrt sie. Man liebt sie. Man beschützt sie bis ans Ende seiner Tage."

Dakotas Herz schwoll an, dann schmerzte es ein wenig – denn was, wenn das Ende näher war, als sie sich eingestehen wollten?

„Ich verstehe", sagte sie langsam. „Und damit hat es sich? Man weiß es einfach, und es ist besiegelt?"

Dex nickte mit ernster Miene. „Wenn es einschlägt, dann merkt man es."

Sie schluckte und dachte daran zurück, wie die Zeit bei ihrer ersten Begegnung stillgestanden hatte... Wie ihr Körper und ihre Seele jedes Mal zu jubeln schienen, wenn sie in Dex' Armen aufwachte... Wie sie bei simplen Worten von ihm gegen Möbel stieß oder ins Stammeln geriet...

Sie legte ihm eine Hand auf die Schulter und dachte über das Schicksal nach.

Dann holte sie tief Luft. „Für immer, hm?"

Er nickte. „Für immer. Falls du es mit einem Typen wie mir aushältst."

Sie biss sich auf die Unterlippe. Dex hatte schon einige nervtötende Eigenheiten. Aber verdammt – die hatte sie auch. Und war der Rest nicht viel wichtiger? Zum Beispiel, wie sie sich durch einen sehnsüchtigen Blick von ihm wie eine Königin fühlte. Oder wie er sie zum Lachen und zum Träumen brachte.

Sie bemühte sich, streng zu wirken, scheiterte jedoch kläglich daran. „Ich glaube nicht, dass ich ohne dich leben kann. Gilt das auch?"

Lachend zog er sie in eine Umarmung und versetzte das Bett erneut in Wellenbewegungen. „Mir reicht es."

Sie schloss die Augen, um alles in sich aufzunehmen. Seine raue Stimme. Die Entschlossenheit in seiner Berührung, die besagte: *Ich werde dich nie im Stich lassen.* Die Haltung seiner Schultern, die zum Ausdruck brachte: *Bitte sag nicht nein.* Und die innere Anspannung, die versprach: *Aber wenn du es tust, respektiere ich es und lasse dich gehen. Es wird mich vielleicht umbringen, trotzdem lasse ich dich gehen.*

Das liebte sie an ihm. Wie er ihre Worte respektierte. Und ja – ein Mann, der ihr in einer derart tristen Lage Hoffnung schenken konnte, musste der Richtige sein.

Eine lange Weile hielt sie ihn fest, während ihr tiefgründigere Gedanken als je zuvor durch den Kopf gingen. Gedanken an ewige Liebe und Schicksal. Aber herrje. In Anbetracht ihrer prekären Lage...

Wie immer schien Dex ihre Gedanken zu lesen.

„Ich weiß, das ist viel zu verarbeiten. Aber eins nach dem anderen. Wir brauchen einen Plan. Und da ich weiß, wie gut meine Pläne klappen..." Er seufzte. „Irgendwelche Ideen, Chefin?"

Kapitel 9

Ein paar Minuten reichten nicht aus, um die vielleicht letzten achtundvierzig Stunden ihres Lebens zu planen, aber Dakota gab ihr Bestes.

Nur bestand dabei ein Problem: Sie fühlte sich so ausgelaugt, dass sie nicht mehr klar denken konnte. So sehr sie sich auch bemühte, die Sorgen knoteten sich in ihrem Kopf nur immer verworrener ineinander.

Aber in Dex' Armen – der sich nicht rührte, um in dem dämlichen Wasserbett keine weiteren Wellen auszulösen – rückte das Chaos in den Hintergrund und wurde von einem Gefühl des Friedens abgelöst. Innerhalb von Minuten döste sie ein.

Und nicht bloß zu einem unruhigen Nickerchen. Sie schlief wie ein Murmeltier, was ihr erst bewusst wurde, als sie die Augen aufschlug und auf die Uhr sah. Fünf Stunden waren wie im Flug vergangen, und sie fühlte sich erfrischt.

Dex wachte ungefähr gleichzeitig auf und strich ihr die Haare aus dem Gesicht. „Alles gut?"

„Ziemlich gut. Bei dir?"

Er ließ ein aufmunterndes Lächeln aufblitzen. „Überraschend gut. So gut, dass ich beinah versucht bin, ein bisschen länger bleiben zu wollen, wenn du verstehst, was ich meine."

Als er sie an den Rippen kitzelte, grinste sie. Oh, und ob sie verstand, was er meinte. Ein paar weitere Berührungen und nicht ganz so unschuldige Küsse würden genügen, um sie beide in eine völlig andere Stimmung zu versetzen. In sinnliche Stimmung, in der sie ihre Sorgen hinter sich lassen und sich seelenbefriedigendem Sex hingeben würden, der mit Dex immer garantiert war.

„Ich bin auch in Versuchung", gestand Dakota. „Aber zuerst wird trainiert."

Als er stöhnte, lachte sie. „Sieh es doch mal so. Training könnte uns helfen, zu überleben. Und danach haben wir so viel Zeit, wie wir wollen." Sie beugte sich vor und küsste seine perfekten Lippen.

„Hm. Versprochen?"

Beinah hätte sie darüber gelacht, doch das Ausmaß der Lage hielt sie davon ab. Das konnte sie ihm nicht versprechen, weil sich zu viel ihrer Kontrolle entzog.

„Ich verspreche, mein Bestes zu geben."

Dex nickte ernst, und sie rollten sich beide aus dem Bett. Wenige Minuten später, nachdem sie beide ein Müsli mit Milch aus der Minibar gegessen hatten, traten sie den Weg in den Trainingsraum an.

„Ah." Nach kurzer Suche entdeckte Dakota ein kurzes, gekrümmtes Schwert. „Ist zwar aus Gummi, aber zum Üben reicht es allemal."

Als sie es Dex zuwarf, fing er es auf und schwang es mehrere Male. „Eine *Sica*, richtig?"

Sie grinste. Der Mann hatte wirklich zugehört.

Und er lernte schnell. Bald hieben, stachen und hackten sie erst in die Luft, dann aufeinander ein.

„Schade, dass wir nur ein Schwert haben", klagte sie.

Dex grinste und warf es zurück zu ihr. „Kein Problem. Ich habe eine andere Waffe."

Sie legte den Kopf schief und fragte sich, was er gefunden hatte. Aber als er sein Hemd und seine Hose auszog...

„Oh." Mit einem Schlucken wich sie einen Schritt zurück. „Das."

Und mit *das* meinte er, dass seine definierten Muskeln einer völlig neuen Form wichen. Einer kleineren, anmutigen Gestalt mit glattem Fell. Fingernägel verlängerten und krümmten sich zu Krallen. Ein langer, eleganter Schwanz peitschte hin und her.

Dakota zwang sich, mehrmals tief durchzuatmen. Richtig – Dex' animalische Seite.

Aber ein, zwei Minuten in jene tiefen, dunklen Augen zu blicken, beruhigte sie, und schon bald fanden sie zu einem Übungskampfstil, den sie sich nie hätte vorstellen können. Anfangs griff Dex sie vorsichtig an, holte mit der Pfote in Zeitlupe aus. Sie begegnete der Attacke mit einem zarten Tippen ihres Schwerts, dann schluckte sie den Kloß im Hals hinunter.

„Okay. Versuchen wir das noch mal, aber schneller."

Und wenig später gingen sie beide voll in einem unechten Kampf auf, griffen wirbelnd an und verteidigten sich. Der Schrecken, es mit einem wilden Tier zu tun zu haben, legte sich nach und nach. Sie lernte, sich nicht zu weit zu strecken, nicht zu hoch zu zielen oder die Stabilität zu unterschätzen, die ihrem Gegner seine vier Füße verliehen. Dakota musste alle Konzentration – und Kraft – aufbieten, um Dex' blitzschnelle Attacken abzuwehren, aber es gelang ihr. Wenn er das Tempo erhöhte und sie noch wilder angriff, schaffte sie es, entweder ausweichen, sich zurückziehen oder sogar einen Gegenangriff zu starten.

So anstrengend es war, es bereitete auch Spaß. Zumindest, solange sie nicht daran dachte, warum sie überhaupt übten.

Mittlerweile schwitzte sie heftig, Dex' Fell hingegen blieb so glatt und samtig, dass sie sich zurückhalten musste, um es nicht einfach aus purem Vergnügen zu berühren. Sein Blick wirkte hochkonzentriert, während er kämpfte – weniger auf seine Verteidigung, mehr darauf, dass er nicht versehentlich die Krallen ausfuhr. Wenn sie sich nach jeder Runde schwer atmend voneinander lösten, wedelte er stolz mit dem Schwanz, als wollte er sagen: *Ich bin beeindruckt.*

Beeindruckt von meiner Gefährtin, spukte seine Stimme leise durch ihre Gedanken. Oder bildete sie sich das bloß ein?

Dann jaulte er auf und stürzte sich mit einem mächtigen Satz auf sie. Dakota streckte die Arme aus und wehrte sich, doch einen Moment später landete er auf ihr und drückte sie zu Boden.

Erwischt, besagten seine leuchtenden Augen.

Dakota fand den Blick in dieses wilde Katzengesicht eher erregend als beängstigend, und sie konnte es sich nicht verkneifen, die Hände über seine glatten, muskulösen Schultern gleiten zu lassen. Seine Augen funkelten, also fasste sie ein Stück weiter und kraulte seine seidigen, dreieckigen Ohren.

Der Panther – Dex – neigte den Kopf, schloss die Augen und... schnurrte?

Dakota tat es ihm gleich, klappte die Lider zu und ließ die Empfindungen auf sich wirken. Obwohl sie am Boden gefangen war, nahm sie tief in ihrer Seele nur Kraft und ein warmes, pulsierendes Gefühl wahr.

Als sich der Panther sanft an ihre Wange schmiegte, quiekte sie erst, dann kicherte sie und dachte an die vielen Male zurück, als Dex dasselbe im Bett gemacht hatte. Zu dem Zeitpunkt hatte sie natürlich noch keine Ahnung gehabt, dass er ein Gestaltwandler war, nun jedoch ergab es umso mehr Sinn.

Je länger sie ineinander verschlungen dalagen, desto sinnlicher wurden ihre Erinnerungen. Als sich Dex unter ihrer Berührung regte, nahm sie an, dass er nur den Kopf neigte. Aber auch die Beschaffenheit seines Fells veränderte sich. Und als sie die Lider einen Spalt öffnete und hinspähte...

War der Panther verschwunden, abgelöst von Dex, dem Mann.

„Erwischt", flüsterte er und schmiegte sich erneut an ihre Wange.

Sie schlang ein Bein um seinen Oberschenkel und hob die Lippen den seinen entgegen. „Ich dich auch."

Die nächsten Minuten lang brachte sie nichts Zusammenhängendes mehr heraus, und ihre schweren Atemzüge hatten mehr mit schierer Lust als Anstrengung zu tun.

Dakota wölbte unter seinen Berührungen den Rücken durch. Dann trat sie auf die Bremse und zeigte in einen Winkel des Zimmers.

„Kamera."

Halb unter ihrem Shirt versteckt brummelte Dex etwas. Er küsste sich gerade stetig nach oben. „Bin mir nicht sicher, ob mich das schert."

Dakota schon, wenn auch nicht sehr und mit jeder verstreichenden Minute weniger. Aber sie war ohnehin schmutzig und klebrig vor Schweiß, also...

„Ich wette, in der Dusche gibt es keine Kamera."

Dex hielt inne und grinste. „Gute Idee. Vor allem, wenn wir den Dampf aufdrehen."

Wie sich herausstellte, erzeugten sie beide genug Dampf, um sie gegen die Außenwelt abzuschirmen – besonders, nachdem sie sich ausgezogen und eingeseift hatten und...

„Ja..." Dakota warf den Kopf zurück, als Dex sie gegen die Duschwand hob und in sie eindrang.

Dann fing er an, sich zu wiegen. Sie konnte nur noch die Beine um ihn schlingen und sich an ihm festklammern.

Gut, dass die Duschkabine groß und stabil war. Und was für ein Segen, sich ausschließlich auf Instinkte und reine, rasende Begierde konzentrieren zu können, wenn auch nur für kurze Zeit.

Das war die erste Runde. In der zweiten hockte sich Dex auf den dreieckigen Sitz in einer Ecke der Dusche, während sie sich um ihn schlängelte. Eine Position, die sie sich merkte, denn wow. Aus dem Winkel bekam der Begriff *Penetration* eine völlig neue Bedeutung.

Runde drei führte sie ins Bett – nachdem Dex ein Handtuch über die Kamera geworfen und ein anderes um das halb versteckte Mikrofon gewickelt hatte.

Doch kaum hatte sich Dakota zurückfallen gelassen, hielt sie inne und stöhnte.

„So geht das nicht." Dafür schwappte und schaukelte das Bett entschieden zu wild.

Dex zog sie wieder auf die Beine. „Zeit zu improvisieren."

Mit einem kräftigen Ruck riss er die Laken vom Bett. Dakota schnappte sich die Kissen, und im Nu hatten sie sich ein feines, gemütliches Nest auf dem Boden geschaffen. Ein Nest, das sie für sich beanspruchte. Sie nahm die obere Position ein und ritt ihren Geliebten wie das Cowgirl, das sie vor ihrer Arbeit als Stuntfrau gewesen war.

Schicksal.

Und da war es wieder – dieses Flüstern in ihrem Geist. Begleitet vom verrückten, aber nachdrücklichen Gefühl, dass alles in ihrem Leben zu diesem Moment geführt hatte, auch wenn es ihr bisher nicht klar gewesen war.

Danach lagen sie verheddert da – ineinander, mit den Laken und sogar mit den Gedanken, die wie abgehackte Telegramme zwischen ihren Köpfen hin und her schwirrten. Bisher beschränkte es sich auf Bruchstücke von Worten und Empfindungen, dennoch reichte es, um Dakota in Staunen zu versetzen – und um sich sicherer denn je zu sein, dass Dex der Richtige war.

„Kannst du wirklich meine Gedanken lesen?"

Er nickte. „Ein wenig. So ist das bei Gefährten." Er streichelte zärtlich ihren Arm und stieß lang und zittrig den Atem aus. „Etwas ist da noch, das ich dir sagen sollte."

„Ja?", murmelte sie, halb benommen von ihrem Höhepunkt.

„Um wahre Gefährten zu werden... Also... Äh..."

Sie warf ihm einen strengen Blick zu. „Dex..."

Hastig lieferte er ihr den Rest. „Seine Gefährtin zu erkennen, ist eine Sache. Um sich an sie zu binden, muss man..." Er schluckte und senkte den Blick auf ihren Hals. „Es gibt da eine Art... Ritual. Wohl, um es endgültig zu besiegeln."

Ihre Augenbrauen schossen in die Höhe, als sie sich eine Höhle voller flackernder Kerzen und singender Mönche vorstellte. „Ein Ritual?"

Seine Wangen färbten sich leicht rosa, und sein Flüstern ertönte so leise, dass sie es kaum hörte. „Paarungsbiss."

Sie runzelte die Stirn. „Klingt nach einer Vampirsache."

Rasch schüttelte er den Kopf. „Kein Blutsaugen. Nur ein Biss." Langsam fuhr er mit einer Hand ihren Hals entlang. „Ungefähr... da."

Ein leichter Schauder kroch Dakota über den Rücken – einer der guten Art, die sich heiß und kribbelnd in ihre weiblichen Teile ausbreitete.

„Kein Blutsaugen", wiederholte er. „Man hält einfach nur kurz still und wartet, während sich die eigene Essenz mit ihrer vermischt." Dann schüttelte er den verträumten Klang seiner Stimme ab und fügte schnell hinzu: „Und sie tut dasselbe. Wenn sie bereit dazu ist, meine ich. "

„Und was, wenn die Gefährtin keine Gestaltwandlerin ist? Was, wenn sie – oder er – ein Mensch ist? "

„Gestaltwandler können sich mit Menschen paaren. Dadurch würdest du – sie, meine ich – selbst zu einer Gestaltwandlerin. "

Ihre Augen wurden groß. „Im Ernst? "

Mit ernster Miene nickte Dex. „Im Ernst. "

Dakota schloss die Augen und malte es sich aus. Die Verwandlung selbst konnte sie sich schwer vorstellen. Aber lautlos auf vier flinken Füßen umherzuschleichen, anmutig von Felsbrocken zu Felsbrocken zu springen, Gerüchen in der Wildnis zu folgen...

„Klingt gar nicht so übel“, räumte sie schließlich ein.

„Es ist toll, ein Panther zu sein. " Dex ließ ein Lächeln aufblitzen, das jedoch rasch wieder verflog. „Solange man genug Freiraum hat. Ein weiterer Grund, Vegas zu verlassen. "

Sie legte eine Hand über sein Herz. „Man muss kein Panther sein, um sich nach Freiraum zu sehnen. "

Ihr Blick wanderte über die fensterlosen Wände zur Tür. Wie um alles in der Welt sollten sie aus diesem Schlamassel entkommen?

Dex zog sie an sich und flüsterte: „Uns fällt schon was ein. Ich schwöre es. "

Das war zwar gut gemeint, aber wasserdichte Pläne zu schmieden, gehörte nicht zu Dex' Stärken. Was bedeutete, dass besser sie sich etwas überlegen sollte, und zwar schnell.

Andererseits fand sie das Kuscheln mit ihm eine so schöne Möglichkeit, der Realität für eine Weile zu entfliehen, also...

Sie küsste ihn und läutete damit ein Feuerwerk von einer weiteren Runde ein.

Nur noch ein bisschen länger, gelobte sie sich und küsste ihn leidenschaftlicher.

Ihr Körper brannte vor Verlangen, und sie musste unwillkürlich daran denken, was Dex ihr erklärt hatte.

Ein Seelenverwandter. Die Person, die das Schicksal einem schickt, weil man zusammengehört. Für immer.

Sie hatte nie wirklich an so etwas geglaubt – zumindest nicht, bevor sie Dex begegnet war.

Seine Hände wanderten ihre Rippen hinauf, und sie sehnte sich nach mehr. Doch in dem Moment klopfte es an der Tür. Beide erstarrten.

Dex stöhnte, während Dakota den Körper anspannte. Oh Gott. Dex hatte geschätzt, dass ihnen bis zum Kampf etwa achtundvierzig Stunden blieben. Was, wenn er sich geirrt hatte? Was, wenn es schon so weit war?

Sie rollten auseinander, und Dakota schlüpfte in ihr Shirt. Dann schnappte sie sich einen Holzschemel – die nächstgelegene „Waffe", die sie in die Finger bekam – und huschte zu einer Seite der Tür. Gleichzeitig gab sie Dex zu verstehen, er sollte die andere Seite übernehmen.

Sie warf ihm einen langen, harten Blick zu und übermittelte ihm: *Das könnte unsere Chance sein.*

Er nickte. Als es erneut klopfte, spannten beide die Körper an, bereit, um ihr Leben zu kämpfen.

Kapitel 10

Dex ballte die Hand fest zur Faust und ergriff das Wort. „Wer ist da?“

„Zimmerservice“, drang eine gedämpfte Stimme durch die dicke Tür.

Er runzelte die Stirn. War das ein Trick?

Dakota deutete mit dem Hocker eine zuschlagende Bewegung an, die besagte: *Wer auch immer es ist, wenn er reinkommt, lenkst du ihn ab, und ich ziehe ihm eins über den Schädel. Dann rennen wir beide, als wäre der Leibhaftige hinter uns her.*

Dex zögerte. Er mochte kein meisterlicher Planer sein, doch das klang sogar für seine Verhältnisse ziemlich dürftig.

Aber Dakota war Dakota, und zu ihr sagte man nicht nein. Als von der anderen Seite ein Schlüssel ins Schloss geschoben wurde, spannte er den Körper an und wappnete sich dafür, zu handeln.

„Zimmerservice?“, wiederholte er, um die Aufmerksamkeit der Person auf sich zu ziehen.

„Besonderer Zimmerservice.“ Der Mann draußen lachte leise.

Wieder legte Dex die Stirn in Falten. War das die Vorstellung eines Vampirs von einem Scherz?

Die Tür schwang auf, und ein Handwagen aus Stahl rollte in Sicht. Halb versteckt hinter der offenen Tür holte Dakota mit dem Hocker aus, um ihn auf den Kopf des Neuankömmlings niedersausen zu lassen.

Dex musterte den kleinen Mann in roter Uniform und schwarzer Mütze, den mehrere bullige Wachleute begleiteten. Sah wirklich nach Zimmerservice aus.

„Der Zimmerservice braucht drei Leibwächter?", sagte er laut, um Dakota über die Lage aufzuklären.

Der Mann mit dem Handwagen seufzte, hatte allerdings die Mütze so tief nach unten gezogen, dass Dex sein Gesicht nicht sehen konnte. „Habe ich mich auch gefragt." Er schwenkte mit einer scheuchenden Bewegung die Hand in Richtung der Wachleute. „Bleibt zurück, Jungs. Ich schaffe das schon." Dann hob er das Kinn an und zwinkerte.

Dex starrte hin. Bob?

Gerade noch rechtzeitig verkniff er es sich, den Namen des Igelgestaltwandlers auszusprechen. Er gab Dakota hinter dem Rücken ein Zeichen, sich zurückzuhalten.

„Nur herein." Er winkte Bob ins Zimmer und schlug den Wachleuten die Tür vor der Nase zu. „Alles gut. Ist nur Bob."

Dakota ließ den Hocker sinken, doch ihr Blick blieb verkniffen.

„Nur Bob?" Der Igelgestaltwandler verzog das Gesicht zu einer Grimasse. „Das ist der Dank dafür, dass ich mich hier reinschleiche, um dir zu helfen – zum zweiten Mal?"

Dex zuckte mit den Schultern. „So dankbar ich dir dafür bin, eigentlich war der Plan, schon beim ersten Mal rauszukommen."

Bob schwenkte abwiegelnd eine Hand. „Jetzt sei nicht so kleinlich. Wollt ihr was essen?" Beim letzten Teil erhob er die Stimme und schob den Wagen zum Tisch. Gleichzeitig deutete er zur Tür und flüsterte: „Wir haben höchstens fünf Minuten. Wir müssen schnell machen."

Dex wusste nicht, was der Mann vorhatte, aber er war ganz Ohr. „Was weißt du? Wann ist der Kampf?"

Bob begann, die Teller mit Essen auf den Tisch zu stellen und die Deckel zu entfernen. Dampf und verlockende Gerüche stiegen von den einzelnen Gerichten auf. Süß-saure Soße... Schweinebraten... Thai-Curry... Dex leckte sich über die Lippen.

„Morgen Abend", sagte Bob. „Einlass ist um acht. Ihr seid die Attraktion zum Schluss."

Dex verzog das Gesicht. Ihm gefiel nicht, wie sich *Attraktion* anhörte. Immerhin würden Dakota und er um ihr Leben kämpfen.

Bob stupste ihn in die Brust. „Tatsächlich meine ich eher dich." Er zog den Vorhang zurück, der den Unterteil des Wagens verbarg. „Deine Freundin kann ich rausschaffen."

Dex starrte ihn genauso an wie Dakota. „Was?"

Bob gab ihr ungeduldig ein Zeichen. „Schnell. Rein da, gut festhalten und keinen Mucks."

Sie runzelte die Stirn. „Was ist mit Dex?"

Bob schaute kläglich drein. Na ja, eigentlich wirkte er immer so. Aber im Augenblick besonders. „Das ist das Beste, was ich tun konnte, und du bist kleiner als Dex. Tut mir leid, Kumpel."

Ein Ziehen breitete sich in Dex' Brust aus, aber er zwang sich, zu nicken. Es zählte nur, dass Dakota unversehrt rauskam.

„Aber... aber..." Ihr Mund öffnete und schloss sich.

Dex nahm sie am Arm, und Bob drängte sie mit einer Geste. „Beeilung. Wir haben nicht viel Zeit."

Aber verdammt, Dakota sträubte sich und verschränkte die Arme vor der Brust. „Ich gehe nicht. Jedenfalls nicht ohne Dex."

Sein Herz setzte ein paar Schläge aus, und einen Moment lang schwebte er auf Wolke sieben. Erst Bobs Zischen holte ihn zurück in die Realität.

„Sei nicht albern. Das ist deine Chance."

Dakota zog den Vorhang zurück und ließ ihn wieder fallen. Als ihre haselnussbraunen Augen in die von Dex blickten, grinste er matt. So meisterlich sie darin sein mochten, ihre Körper umeinander zu wickeln, in den beengten Raum würden sie auf keinen Fall beide passen.

Dakota trat zurück und schüttelte entschlossen den Kopf. „Danke, aber nein. Nicht ohne Dex."

Bob schürzte die Lippen und deutete mit dem Kopf auf Dex. „Ich nehme mal an, du willst nicht..."

Dex wollte den armen Kerl nicht anherrschen, aber seine Pantherseite drängte sich explosiv in den Vordergrund. „Ich werde meine Gefährtin nie verlassen!"

Bob zuckte zusammen. „Schon gut, schon gut. Kein Grund, mir gleich die Wachen auf den Hals zu hetzen." Dann verzog er das Gesicht. „Ach, Gottchen. Ich wollte ja nur helfen."

Dex legte ihm die Hand auf die Schulter. „Tut mir leid. Ich weiß das wirklich zu schätzen. Aber wir brauchen einen besseren Plan."

„Ich wünschte, ich hätte einen, Kumpel. Aber das ist er."

Dex sah Dakota an, bereit, sie anzuflehen, mit Bob zu gehen. Aber ein Blick auf ihren temperamentvollen Gesichtsausdruck bestätigte ihm, dass er sich den Versuch schenken konnte.

Seufzend lud Bob weitere Teller ab. „Na ja, ihr könnt wenigstens ein gutes Essen genießen."

Zwar fügte er nicht ausdrücklich hinzu: *Es könnte eure letzte Mahlzeit sein.* Aber sein grimmiger Blick vermittelte es.

Dex' Gedanken überschlugen sich. Es musste einen anderen Ausweg geben. Dakota trat an den Tisch und überprüfte die Gabeln und Messer.

„Habe ich mir schon angesehen." Bob schüttelte den Kopf. „Alle aus Plastik. Keine große Hilfe gegen die drei Bären da draußen und die Vampire allgemein."

Dakotas Blick kehrte zu dem Hocker zurück, und Dex hätte beinah gelacht. Ja, so war Dakota. Einfallsreich bis zum Gehtnichtmehr. Aber nicht mal das taffste Cowgirl könnte sich mit einem Hocker und Plastikbesteck den Weg in die Freiheit erkämpfen.

Als es erneut klopfte, schob Bob den Wagen zurück zur Tür. „Letzte Chance." Dann ließ er bei Dakotas strengem Blick die Schultern hängen. „Schon gut, schon gut. Die Botschaft ist angekommen. Aber schade um die Million Dollar. Soll ich sie für einen guten Zweck spenden?"

Dex' Gedanken rasten. Jeden Moment würde sich die Tür öffnen, dann würde sein einziger Kontakt zur Außenwelt verschwunden sein.

Kontakt... Außenwelt... Million Dollar...

Dakota runzelte so die Stirn, wie sie es immer tat, wenn sie tief in Gedanken versank. Und meist würde Dex jede ihrer Ideen über seine eigenen stellen. Allerdings war Dakota eine gute, anständige Seele, und sie befanden sich mitten in der schrägen Welt der Gestaltwandler von Las Vegas. Die Lage verlangte nach einem gewitzten, gewagten Plan, der mehr auf Instinkten als auf Fakten beruhte.

„Ich wünschte, ich könnte irgendwas tun", klagte Bob und streckte die Hand nach dem Türknauf aus.

Und plötzlich kam Dex die Antwort. Seine Hand schoss vor und packte Bobs Ärmel.

„Etwas gäbe es da tatsächlich…"

Bob horchte auf, und Dakota warf Dex einen fragenden Blick zu.

Er schloss kurz die Augen und überlegte, was bei seinem Plan alles schiefgehen könnte. Aber Mist. Davon gab es zu viel, und umgekehrt nur einen winzigen Hoffnungsschimmer. Fiel ihm nichts Besseres ein?

Leider nicht. Also zog er Bob zähneknirschend näher.

„Na schön. Hör aufmerksam zu. Du musst Folgendes für mich tun…"

Kapitel 11

Dex' Plan wies eine bedeutende Schwachstelle auf, und Dakota wusste es. Verdammt, sie wussten es beide, aber da sie keine bessere Idee hatte...

Sie seufzte, streckte sich bei einer Dehnungsübung und schnupperte den frischen Blumenduft des Trainingsanzugs, den sie aus dem begehbaren Schrank ausgewählt hatte. Vierundzwanzig Stunden waren seit Bobs Besuch vergangen, und sie hatten nur noch eine Stunde bis zu ihrem Kampf. Würde es die letzte Stunde ihres Lebens werden?

Dakota schüttelte den Gedanken ab und ging zur nächsten Dehnung über. Genau wie früher in ihrer Rodeozeit. Über das Ergebnis nachzudenken, half nicht – nur totale Konzentration auf die Faktoren, die sie beeinflussen konnte.

Was in diesem Fall nicht besonders viel sein mochte, trotzdem würde sie sich nicht unterkriegen lassen, so viel stand fest.

„Hast du das immer gemacht, bevor du einen Stunt gedreht hast?" Dex' Stimme klang ruhig, unbekümmert. Eigentlich zu unbekümmert, aber er versuchte wohl, die Stimmung aufzulockern.

„Ja. Bei Rodeos auch. Immer die gleichen Dehnungsübungen – mehr für den Geist als für die Muskeln. Und beim Filmen bin ich danach den jeweiligen Stunt noch ein letztes Mal durchgegangen."

„Willst du das jetzt auch machen?"

Er deutete in Richtung des Trainingsraums, doch sie schüttelte den Kopf. „Außer du weißt etwas, das ich nicht weiß."

Sie hatten alle Szenarien durchgespielt, die sie sich vorstellen konnten. Tatsache aber blieb, dass sie keine Ahnung hatten, was sie wirklich erwarten würde. Und dem Gebrüll einer Menschenmenge irgendwo weiter hinten in den Katakomben nach zu urteilen, hatten die Veranstalter etliche Überraschungen auf Lager.

Traurig schüttelte Dex den Kopf. „Schön wär's."

Wenigstens etwas. Wahrheit – und Respekt. Ein anderer Mann hätte vielleicht den harten Kerl heraushängen lassen und großspurige, unmöglich einzuhaltende Versprechungen abgegeben. Aber nicht Dex.

Klirr. Ein Schlüssel drehte sich im Schloss, und jeder Nerv in ihrem Körper stand abrupt unter Hochspannung.

Dakota stählte sich und nickte Dex entschlossen zu. Es war so weit.

Zwei bullige Wachmänner schoben die Tür weit auf und winkten sie hinaus. „Noch eine Nummer, dann seid ihr dran. Abmarsch."

Dakota schritt ruhig zur Tür. Ein Teil von ihr war froh, das Warten hinter sich zu haben. Der andere Teil... Na ja, der hatte Angst.

Dex reihte sich hinter ihr ein, deckte ihr den Rücken. Der gute alte Dex, der sie bis zum letzten Atemzug beschützen würde. Nur würde es sie umbringen, wenn sie mit ansehen müsste, wie er bei dem Versuch draufginge, sie zu verteidigen.

Sie zwang sich, das Kinn zu heben. *Sorg einfach dafür, dass es dazu nicht kommt.*

Sie presste die Knöchel der einen Hand in die andere Handfläche und setzte eine entschlossene Miene auf. Diese Brutalos wollten sie also kämpfen sehen? Sie würden mehr bekommen, als ihnen vermutlich lieb war.

Der Lärm des Publikums wurde lauter, als die Wachen sie den langen, dunklen Korridor hinunterführten. Eine zweite Gruppe von Wachleuten kam auf sie zu und schob einen weiteren Gefangenen vor sich her. Dakotas Herz setzte einen Schlag aus. War das Bob?

Nein. Nur dieser nervige vegane Vampir namens Alon.

„Khloe Maxx. So sieht man sich wieder", meinte er schmunzelnd und ahmte damit den Filmschurken kurz vor dem actiongeladenen Showdown jenes Films nach.

Sie verdrehte die Augen. Wie oft würde sie den kitschigen Spruch noch hören müssen?

Ihr Magen brodelte. In Anbetracht der Umstände wohl nicht mehr allzu oft.

„Nur ein Scherz", murmelte Alon bei ihrem frostigen Blick.

Dakota starrte geradeaus und achtete auf irgendwelche Hinweise auf den bevorstehenden Kampf.

Schwere Doppeltüren vor ihnen schwangen auf, und der Korridor wurde breiter. Andere Gänge schlossen von der Seite an. Hinter einer Biegung schimmerte Licht hervor.

„Die Arena", flüsterte Alon.

Ebenso gut hätte Dakota eine Zeitreise zum Kolosseum in Rom antreten können. Irgendwo oben saß eine Menschenmenge auf Tribünen aus Stein. Der Lärm schwoll zu einem Tosen an. Staub rieselte herab, als Hunderte Füßen gleichzeitig stampften. Vereinzelt wies der mit Sand bestreute Boden dunkle Flecken auf. Blut? Dakota schauderte, als sie sich vorstellte, wie schlaffe Körper einer nach dem anderen aus der Arena geschleift wurden.

Eine massive, verstärkte Doppeltür tauchte vor ihnen auf. Licht drang um die Ränder herein, zusammen mit dem ohrenbetäubenden Lärm des Publikums draußen. Dakota holte tief Luft und versuchte, ihren Puls zu beruhigen.

„Wartet da." Einer der Wachleute deutete auf eine Nische rechts. „Rührt euch nicht."

Kurz zögerte Dakota, dann betrat sie den beengten Raum. Dex drängte sich als Nächster zu ihr, schuf eine Mauer zwischen ihr und ihren Wärtern. Alon zwängte sich als Letzter dazu.

Er warf einen kurzen Blick über die Schulter, bevor er sich vorbeugte und im Flüsterton das Wort ergriff. „Ich hätte einen Vorschlag."

Dex schüttelte den Kopf und wirkte bedrohlicher als je zuvor.

„Ich lasse mich nicht auf Vereinbarungen mit Vampiren ein."

Alon schnaubte. „Nein, nur mit Bärengestaltwandlern, die dann die Stadt verlassen, bevor du es tun kannst. Bereust du es?"

Dakota erstarrte bei der Anspielung auf Dex' Freund Tanner, der den Abend ausgeheckt hatte, durch den es erst zu all dem gekommen war.

Dex setzte zum Kopfschütteln an, dann bremste er sich und sah Dakota an. „Ob ich etwas bereue? Nur eine einzige Sache. Dass Dakota reingezogen worden ist."

Ihr wurde warm ums Herz, aber verdammt. Dex schaute so gequält drein. Schätzte er ihre Chancen wirklich so gering ein?

Alon schnaubte. „Wie edelmütig. Nur kommt ihr beide dadurch nicht lebend hier raus."

„Und du kannst uns dazu verhelfen?", konterte Dakota.

Alon schüttelte den Kopf. „Tut mir leid, Süße. Aber weißt du was? Ich glaube, für euch zwei besteht die geringe Chance, hier lebend rauszukommen. Trotzdem habt ihr nicht, was ich habe."

„Und das wäre?", hakte Dakota nach.

Alon reckte das Kinn vor. „Die Mittel, um diese Blutsauger für immer zu Fall zu bringen."

Dex verdrehte die Augen. „Sagt ein Vampir über andere."

„Ich bin nicht wie die." Alons Augen sprühten praktisch Funken.

Dakota legte Dex die Hand auf den Arm und sah Alon in die Augen. „Was willst du damit sagen?"

„Ich will damit sagen, dass wir zusammenarbeiten sollten. Es reicht nicht, lebend hier rauszukommen. Nicht, wenn wir Schiller für immer das Handwerk legen wollen."

Dex fuchtelte mit einem Finger hin und her. „Hier gibt's kein *Wir*."

„Könnte es aber geben", entgegnete Alon. „Denk an das nächste unschuldige Opfer, an das danach, an das übernächste..."

„Der Nächste kann sich um sich selbst kümmern", brummte Dex.

Alon verzog das Gesicht. „Khloe Maxx würde das nicht sagen."

„Sie ist nicht Khloe Maxx!", brüllte Dex.

Dakota biss sich auf die Unterlippe. So sehr es ihr widerstrebte, mit dem knappen Outfit und den abgedroschenen Sprüchen in Verbindung gebracht zu werden, ein anderer Aspekt der Action-Heldin gefiel ihr durchaus. Der Mut. Die Bereitschaft, sich ein Herz zu fassen und gegen Unrecht anzugehen.

Aber auch Dex' Zorn war gerechtfertigt. „Das war ein Film, klar? Fiktion. Hollywood. Nur Schein."

Dakota schluckte schwer. Ja, das stimmte. War sie verrückt, auch nur daran zu denken, in den Kampf zu ziehen – gegen Vampire?

Trotzdem setzte neben ihrem Auge ein Zucken ein, denn jedes Mal, wenn ein bewundernder Fan sie mit einer Heldin verwechselte, kam sie sich wie eine Hochstaplerin vor.

Alon ließ den Blick auf sie gerichtet. „Manchmal können auch gewöhnliche Menschen heldenhaft sein."

Dakotas Herz pochte ein wenig schneller. Vielleicht hatte Alon recht. Vielleicht war das ihre Chance, sich auszuzeichnen.

Andererseits... hatte Dex nicht unrecht.

Beinah hätte sie über sich gelacht. In der Regel war sie die praktisch Veranlagte, Dex der Träumer. Diesmal schienen die Rollen vertauscht zu sein.

Sie schluckte schwer. „Was genau schwebt dir vor?"

Dex schob den Arm zwischen sie. „Das darfst du nicht tun, Dakota. Wir müssen uns darauf konzentrieren, mit dem Leben davonzukommen."

Dakota schürzte die Lippen. „Ich finde nur, wir sollten ihn zumindest anhören."

Alons Augen funkelten, dann klatschte er in die Hände. „Also gut. Weißt du noch, wie Khloe Maxx gegen den heimtückischen Oberschurken Harkonnen gekämpft hat?"

Als er weiterschwärmte und jeden einzelnen Schwerthieb in dem Film – und anderen – beschrieb, verlor Dakota die Hoffnung. Vielleicht hatte Dex recht. Es war an der Zeit, praktisch zu handeln, nicht heldenhaft.

Sie hob die Hand, um Alons aufgeregtes Geplapper zu unterbrechen. „Das ist nicht der richtige Zeitpunkt für..."

Er fiel ihr ins Wort. „Im Gegenteil, und ob er es ist. Erinnerst du dich an den Aufstand in *Spartacus im Blut der Untoten?* Du hast all diese Zombies besiegt."

„Unechte Zombies." Dex deutete mit dem Daumen in Richtung der Arena. „Das da drin ist echt. Alles."

„Stimmt, aber ich habe Vertrauen in euch beide. Und ich schwöre, wenn ihr mir helft, begrabe ich Schiller und seine Handlanger ein für alle Mal." Dann zwinkerte Alon. „Außerdem weiß ich, was uns da drin erwartet. Und wie ein weises Erdferkel mal gesagt hat: Wissen ist Macht."

Dex hob den Vampir von den Beinen und drückte ihn gegen die Wand. „Dann sag uns, was du weißt. Sofort."

Alons Füße baumelten zwei Zentimeter über dem sandigen Boden. Dennoch schüttelte er den Kopf. „Nur, wenn ihr versprecht, mich nach draußen mitzunehmen."

Dex' Augen leuchteten vor Wut, aber Dakota drückte seine Schulter und vermittelte ihm: *Das könnte unsere Chance sein.*

Er könnte auch lügen. Wut blitzte in Dex' Augen.

Dakota überlegte. Ja, Alon könnte lügen. Aber als sie daran dachte, was Bernie gesagt hatte, der Entertainmentmanager...

Tod an jeder Ecke... Hochspannung... Triefendes Blut...

Sie sah Dex in die Augen. Tatsächlich brauchten sie jede Hilfe, die sie kriegen konnten.

„Ihr helft mir, ich helfe euch." Alon wackelte unter Dex' festem Griff. „Und zusammen können wir Schiller für immer ausschalten."

Dakota holte tief Luft und traf eine Entscheidung. Als sie Dex ein Zeichen gab, verzog er das Gesicht, bevor er Alon wie einen glitschigen Fisch fallen ließ. Als der Vampir auf dem Hintern in den Sand plumpste, ragte Dex über ihm auf und starrte ihn an.

„Na schön. Raus mit der Sprache."

Alon rappelte sich unbeholfen auf die Beine. Dann winkte er die beiden näher und rieb sich die Hände. „Okay. Hört gut zu. Wir haben nicht viel Zeit."

Kapitel 12

„Showtime. Bewegung." Ein Wachmann winkte Dex unwirsch zu der Eichenholztür, bevor er sich an Dakota wandte. „Du auch, Schätzchen."

Dex fletschte die Zähne. *Sie ist nicht dein Schätzchen, Arschloch. Sie gehört mir.*

Dakota blieb wie immer gefasst und richtete den Blick fest auf die Tür. Alon versteckte sich hinter ihr, die kleine Ratte.

Die Frage ist nur, ob die kleine Ratte die Wahrheit gesagt hat. Dex' Panther knurrte.

Die Stimme eines Ankünders dröhnte durch die dicke Tür, und die Menge tobte.

„Meine Damen und Herren, danke für Ihre Geduld auf dem Weg zum großen Finale. Und jetzt..." Der Ansager zog das Wort endlos lang hin, um Spannung aufzubauen. „Ist es so weit! Lehnen Sie sich zurück, entspannen Sie sich und genießen Sie das Finale, auf das Sie alle gewartet haben!"

Das Licht um die Ränder der Tür flackerte, und die Menge jubelte.

Links von Dex brachten Arbeiter hinter der Bühne eine hölzerne Vorrichtung durch eine Nebentür in die Arena. Leider konnte er aus seinem Blickwinkel nicht viel davon erkennen – nur die Dunkelheit dahinter, unterbrochen von geschwenktem Scheinwerferlicht.

Er knirschte mit den Zähnen. Es kam ihm wie eine Ewigkeit vor, seit der vorherige „Performer" von der Bühne geführt worden war – ein wutentbrannter Nashorngestaltwandler mit blutverschmiertem Horn, gefolgt von einem erschreckend schlaffen, von zwei Helfern geschleiften Körper. Dann war die Arbeitsmannschaft vorbeigeeilt und hatte irgendeine aufwändige Kulisse aufgebaut.

„Wie ich gesagt habe", flüsterte Alon, als eine riesige Vorrichtung mit Klingen vorbeigerollt wurde.

Dex starrte mit großen Augen hin. Als Alon ihnen verraten hatte, was sie erwartete, hatte Dex gezweifelt. Aber vielleicht hatte der Vampir sie doch nicht verarscht.

„Und ohne weitere Umschweife", dröhnte die Stimme des Ansagers, bevor er prompt wieder eine Pause einlegte.

Dakota machte eine kurbelnde Geste. „Das *sind* Umschweifen, du Penner."

Dex ließ ein Knurren tief aus der Kehle vernehmen, bereit, seine Gefährtin um jeden Preis zu beschützen. Genauer gesagt klackte er mit den Fängen, denn er hatte bereits seine Panthergestalt angenommen.

Gut fand er, dass Dakota kaum mit der Wimper gezuckt hatte, als er sich verwandelt hatte. Na schön, vielleicht hatte sie kurz den Körper versteift. Aber abgesehen davon hatte sie unbeirrt nach vorn geschaut und gemurmelt: „Wir schaffen das."

Wärme umfing sein Herz. Seine Gefährtin war die erstaunlichste Frau der Welt.

Dann spannten sich seine Schultern an, und er peitschte mit dem Schwanz. Was auch immer passieren würde, sie musste überleben.

Der Ansager brüllte, heizte die Stimmung der Menge auf. „Das *Scarlet Palace* präsentiert den schwarzen Panther, die Kriegerprinzessin und den Hanswurst!"

Die massive Tür flog auf, und sie wurden von blendendem weißem Licht erfasst. Dex blinzelte, Dakota schirmte mit einer Hand die Augen ab.

Alon fluchte. „Hanswurst?"

Die Menge johlte, als der Ansager fortfuhr. „Wer wird die ultimative Prüfung überleben – wenn überhaupt jemand? Wer wird als Erster fallen?"

Dex knirschte mit den Zähnen. *Ich nicht,* gelobte er sich. *Auch nicht Dakota.*

Niemand von uns, erinnerte Dakota ihn mit einem strengen Blick. Dann setzte sie sich mit hoch erhobenem Haupt in Bewegung.

Das Scheinwerferlicht folgte ihnen vorwärts, und Dex starrte in die Dunkelheit dahinter.

„Meine Damen und Herren, erfreuen Sie die Augen an der neuesten, großartigsten und tödlichsten Show in Las Vegas – der Grube der Vernichtung!"

Dakota verdrehte die Augen. „Klingt wie ein weiterer schlechter Film."

Der Scheinwerfer geriet wild in Bewegung, ähnlich wie das Publikum. Das grelle Licht schwenkte hin und her, ließ nur flüchtige Eindrücke eines unheimlichen Ganzen erahnen. Dex kniff die Augen zusammen, erhaschte Blicke auf Wände, Seile und... Krokodile? Dann ging ein Stroboskoplicht an und erhellte die Arena in schmerzhaft kurzen Blitzen.

„Wie ich gesagt habe", murmelte Alon, durch den frenetischen Jubel des Publikums kaum hörbar. „Ein Hindernislauf."

„Oha", murmelte Dakota,

Dex starrte hin. *Oha* traf es gut. Man kannte die Gruben für Gladiatorenkämpfe, das jedoch war mehr, denn es kombinierte Kämpfe mit tödlichen Hindernissen.

Er schlich vorwärts, bereit, alles abzuwehren, was ihnen entgegenstürmen mochte. Dakota griff sich ein Schwert und einen Schild von einem Gestell zu ihrer Rechten und forderte Alon zischend auf, ihrem Beispiel zu folgen.

„Helm", fügte sie hinzu und setzte einen auf.

Alons Augen wurden groß. „Ich muss schon sagen, du siehst wirklich wie Khloe Maxx aus."

Mit verzogenem Gesicht schwang Dakota das Schwert. „Du willst meine Hilfe? Dann solltest du mich lieber nicht verärgern."

Als sie sich abwandte, verbarg Alon ein Grinsen, und Dex kam der Gedanke, dass der Vampir recht haben könnte. Verärgerung wäre vielleicht genau, was Dakota brauchte, um die bevorstehenden Herausforderungen zu überleben.

„Letzter Aufruf für Ihre Wetten, meine Damen und Herren. Letzter Aufruf", dröhnte die Stimme des Arenasprechers.

„So ist es gut", murmelte Alon. „Platziert nur brav eure Wetten. Vor allem du, Arschloch." Sein Blick feuerte Dolche auf eine Gestalt am VIP-Balkon ab, der sich von der Tribüne abhob.

„Schiller." Dakota fluchte. Dann warf sie Alon einen Blick zu, der besagte: *Ich hoffe, es funktioniert.*

Dex knirschte mit den Zähnen, weil er nicht überzeugt davon war. Aber vorerst würde er sich auf den *Überlebensaspekt* ihres Plans konzentrieren.

„Sie, verehrte Zuschauer, sind heute die wahren Gewinner", fuhr der Ansager fort. „Aber im unwahrscheinlichen Fall, dass einer unserer Kandidaten alle drei Runden überlebt, gewinnt er oder sie eine Luxus-Eigentumswohnung in den Scarlet Towers oder eine Million Dollar!"

„Von wegen *unwahrscheinlich*", stieß Dakota knurrend hervor, trotzig wie immer.

Während der Ansager langatmig Werbung für Urlaubsunterkünfte in den Scarlet Towers einstreute, presste sich Dex an Dakotas Beine und hoffte, ihr so zu vermitteln, was er empfand. Er würde für sie da sein, komme, was wolle. Irgendwie würden sie das zusammen durchstehen.

Dann läutete eine Glocke, und die Scheinwerfer schwenkten auf ein ungewöhnliches Gebilde. „Meine Damen und Herren, unser erstes Hindernis – die Todesgrube!"

Ein Wachmann stupste sie mit einer Pike. „Los."

Dex schlich vorwärts, bewegte sich eine kurze Rampe aus Holz hinauf. Die Menge stimmte einen rhythmischen Sprechgesang an, begleitet von zweimaligem Klatschen mit den Händen und einem Stampfen mit den Füßen.

„Todesgrube! Todesgrube!"

„Eher Todessumpf." Dakota schniefte.

Zwanzig Krokodile lauerten in einer mindestens fünf Meter breiten Schlammgrube. Alle klackten mit den Kiefern.

„So?" Alon griff nach einem der wie Lianen von oben herabbaumelnden Seile.

Dex schaute auf, als Dakota mit einem Ruck an einem anderen zog, bevor sie den Kopf schüttelte. „Die sind so manipuliert, dass sie reißen. Siehst du die Verbindung da oben?"

Dex knurrte, Alon stimmte ein Grollen an. „Schiller arbeitet mit schmutzigen Tricks. Warum überrascht mich das nicht?"

Mit einem durchdringenden Knarren hob sich die Rampe unter ihnen Füßen – und kippte sie in Richtung des Morasts. Alon stolperte gegen Dakota. „Hilfe!"

Klatsch-klatsch-stampf. Klatsch-klatsch-stampf. „Todesgrube! Todesgrube!", skandierte die Menge donnernd.

„Los!" Dakota scheuchte Dex vorwärts. Dann drehte sie sich Alon zu. „Stell sie dir als Trittsteine vor. Und was immer du tust, bleib in Bewegung!"

Dex beäugte die Krokodile, dann sprang er los. Als Raubkatze war er zuversichtlich, es auf die andere Seite zu schaffen. Aber verflucht. Was war mit Dakota?

Das Krokodil, auf dem er zuerst landete, bäumte sich auf und schnappte nach ihm, doch Dex erwies sich als zu flink. Blitzschnell sprang er auf das nächste Reptil und das übernächste... bis zur Plattform auf der anderen Seite. Er landete wohlbehalten darauf und wirbelte herum.

Die Menge brach in Beifall aus, denn wow. Dakota befand sich nur einen Schritt hinter ihm. Mann, war sie schnell. Aber Alon...

„Der schwarze Panther und die Kriegerprinzessin sind drüben!", kommentierte der Ansager. „Aber die Krokodile wittern Blut, und ich auch!"

Er meinte Alon, der noch auf dem ersten Krokodil balancierte, während sich die anderen langsam näherten.

„Bleib in Bewegung!", rief Dakota.

Dex peitschte mit dem Schwanz gegen ihre Beine, um seine Botschaft zu verdeutlichen.

Vergiss ihn. Sie konnten es sich nicht leisten, auf Alon zu warten.

Aber Dakota umklammerte ihr Schwert fester und sprang zurück auf den Rücken des nächsten Krokodils. Die Menge tobte, der Ansager geriet aus dem Häuschen.

„Die Kriegerprinzessin kehrt um!"

Dex grollte hilflos. War sie verrückt?

Vielleicht, aber auch verdammt wendig. Geschickt sprang sie von einem Krokodil zum anderen bis hinüber zu jenem von

Alon. Die Reptilien wirbelten blitzschnell zu Dakota herum. Aber sie erwies sich als genauso flink – und furchtlos, denn sie hieb mit Schild und Schwert auf die Tiere ein.

„Bewegung!", herrschte sie Alon an. „Sofort!"

Dex blieb keine andere Wahl, als ebenfalls zurückzuspringen und so die Aufmerksamkeit der Krokodile auf sich zu ziehen. Eines biss ihm dabei beinah den Hinterlauf ab, aber er schaffte es gerade noch rechtzeitig, auszuweichen.

„Dex!", rief Dakota, als Alon und sie es in Sicherheit geschafft hatten.

Mit einem mächtigen Satz segelte Dex über die letzten drei Krokodile hinweg und landete mit einem dumpfen Aufprall neben Dakota.

Explosiver Jubel erhob sich von der Menge, und Alon grinste. „Wir haben es geschafft!"

Dex knurrte. *Dakota und ich haben es geschafft. Du wärst beinah Krokodilfutter geworden, Mann.*

Alon zeigte nach vorn. „Ihr helft mir, ich helfe euch, wisst ihr noch?"

Dex konnte sich kaum vorstellbar, dass Alon viel beitragen würde. Aber mittlerweile neigte sich bereits wieder die Plattform, auf der sie sich befanden, und zwang sie zum nächsten Hindernis. Zwei Gladiatoren mit nacktem Oberkörper standen davor und schwangen Keulen.

„Aus dem Weg, Arschloch", brummte Dakota und trieb den rechts zurück.

Dex knurrte den Linken an.

Klirr! Dakotas Schwert traf den Helm des ersten Gladiators.

Zack! Dex krallte mit einer Pfote an den Rippen des anderen.

Im Nu wichen beide Gladiatoren zurück und starrten Dakota bang und überrascht an.

Um ein Haar hätte Dex gegrinst. Das war seine Gefährtin!

„Die Todesgrube haben die Kandidaten überlebt...", kommentierte der Ansager. „Aber werden sie auch den Nachtschrecken überwinden?"

Die Zuschauer johlten, jubelten und mampften Popcorn. Dex knurrte in ihre Richtung, dann erstarrte er. Inmitten des Meers fanatischer, nach Blut lechzender Gesichter entdeckte er eine vollkommen ruhig wirkende Gestalt, deren Gesicht eine tiefe Kapuze verhüllte. Eine Gestalt, die beobachtend wartete... Nur worauf?

Es blieb keine Zeit, darüber nachzudenken, denn drei dunkle Schemen rasten durch die Luft direkt auf ihn zu.

„Runter!" Dakota stieß Alon zu Boden.

Dex kauerte sich hin, dann schnappte er nach einem der vorbeifliegenden Ungeheuer. Was zum...

„Diese Geier sind hungrig, wertes Publikum", warf der Ansager lachend ein.

„Von wegen Geier", brummte Alon. „Das sind Wasserspeier."

Mit gerunzelter Stirn beobachtete Dex, wie die geflügelten Bestien für einen weiteren Durchgang kreisten. Alon hatte recht. Wasserspeier – fiese, bizarre Kreaturen der Größe eines kleinen Flugsauriers, bewaffnet mit krummen Schnäbeln und scharfen Krallen. Dank drei Hexen hoch oben in einer Kabine lag Magie in der Luft. Das Trio strickte. Dazwischen wackelten die Hexen mit den Fingern und murmelten Zaubersprüche, um alles Übernatürliche vor den Menschen im Publikum zu verbergen. Sogar Vampire wie Schiller waren so klug, nicht zu viel preiszugeben.

„Da drunter durch." Dakota schob Alon zu einem Bereich mit niedrig gespanntem Stacheldraht. „Setz die Ellbogen ein. Ungefähr so..."

Und schon robbte sie los wie eine Elitesoldatin unter feindlichem Beschuss.

„Oh! Oh! Das hast du auch in *Soldaten der Morgendämmerung* gemacht, nicht wahr?", schwärmte Alon.

Dakota schnaubte. „Ja. Nur ohne die Wasserspeier."

Dex rannte tief geduckt mit ihnen unter dem Stacheldraht hindurch. Als die Wasserspeier zu einem weiteren Anlauf angeflogen kamen, sprang er hoch und balancierte auf den Holzpfosten, die den Stacheldraht stützten.

„Hilfe!", schrie Alon, als einer mit klackenden Krallen auf ihn zustürzte.

Dakota stieß das Schwert durch eine Lücke im Stacheldraht und wehrte die kreischende Bestie ab. Gleichzeitig hieb Dex nach dem Flügel des nächsten Wasserspeiers und zerfetzte ihn mit seinen Klauen. Die Kreatur schrie auf und stürzte in den Stacheldraht, verhedderte sich fluchend darin.

Wieder jubelte die Menge, und Dex stellte fest, dass Dakota bereits weiterraste. Als sie auf der anderen Seite des Stacheldrahtfelds auftauchte, preschte sie zu einer mit Waffen gespickten Wand, wirbelte herum und warf etwas.

„Runter!", warnte sie.

Dex kauerte sich gerade noch rechtzeitig hin, bevor etwas an seinem Ohr vorbeisauste. Rotierend flog es weiter und traf den Wasserspeier hinter ihm. Die Kreatur jaulte auf, flog davon und krallte an einem Gegenstand, der zwischen ihren Rippen hervorragte. Ein Wurfstern?

„Genau wie in *Ankunft des Ninjas*." Alon strahlte.

Dex starrte hin. Dakota beherrschte auch Kampfkunst?

Die Zuschauer jubelten wild und stimmten neue Worte zu dem Rhythmus aus Klatschen und Stampfen hinzu. „Khlo-ee Maxx! Khlo-ee Maxx!"

„Komm schon!" Dakota zog Alon auf die Beine.

Nach einer letzten geknurrten Warnung sprang Dex zu ihnen hinüber. Inzwischen hatten sich zwei Wasserspeier hoffnungslos im Stacheldraht verheddert, der dritte flog davon, um sich in Sicherheit zu bringen.

„Drittklassige Wasserspeier", murmelte eine Frau in einer der vordersten Sitzreihen. „Ganz zu schweigen von diesen Hexen..."

Dex' Kopf wirbelte herum. Warum kam ihm die Stimme bekannt vor?

Aber er konnte ihr Gesicht im verschwommenen Gewirr der Menge nicht ausmachen. Und da ein letztes Hindernis vor ihm lag, hatte er keine Zeit, um sich darauf zu konzentrieren. Erst recht nicht, als sich eine Seitentür öffnete und ein Rudel nach Blut lechzender Wölfe herausgerannt kam. Alle hielten auf Dex,

Dakota und Alon zu. Dann wurden sie langsamer und drängten das Trio in Richtung des letzten Hindernisses.

Dex löste den Blick kurz von den Wölfen, um nach vorn zu schauen, wo eine sechs Meter lange Flamme aus einer Nische in der Wand hervorschoss.

Wusch! Schwefelgeruch erfasste ihn und ließ ihn die Nase rümpfen.

„Drache", murmelte Alon.

Dakota erstarrte. „Das ist jetzt ein Scherz, oder?"

Dex schaute nach rechts. Nein, Alon scherzte nicht. Es handelte sich tatsächlich um einen Drachen, der hinter einer dünnen, getarnten Wand hervor Feuer spie. Für menschliche Augen würde der Anblick nach einem Flammenwerfer aussehen, aber für Dex...

Mit trockener Kehle schluckte er. Die Wölfe rückten weiter vor. Steinmauern zu beiden Seiten trieben sie in einen Bereich, in dem sie leichte Beute für den Drachen sein würden. Ein Panther konnte alle möglichen Angriffe von Gestaltwandlern überleben. Aber keine Katze der Welt, ganz gleich wie mutig sie sein mochte, hatte gegen einen Drachen eine Chance.

Verzweifelt schaute er zu Dakota. Tapfer hielt sie ihren Schild hoch, doch der würde in Sekundenschnelle verbrennen, und dann...

Dex kappte den Gedanken und hielt krampfhaft Ausschau nach irgendeinem Ausweg. Nur was konnte er tun?

Kapitel 13

Dakota warf Dex einen verzweifelten Blick zu. Bisher war es ihnen gelungen, jedes Hindernis zu überwinden. Aber verdammt, ein feuerspeiender Drache?

Alon strich sein Hemd glatt und marschierte vorwärts. „Überlass das mir, Schätzchen."

Sie packte ihn am Arm. „Bist du wahnsinnig?"

Mit einem Grinsen drehte er sich ihr zu. „Wie gesagt, ihr helft mir, ich helfe euch."

„Und nun das nächste Hindernis – Drachenfeuer!", rief der Ansager.

Buchstäblich. Dakota biss sich auf die Unterlippe, als Dex, Alon und sie in den immer schmäleren Raum gedrängt wurden.

„Dra-chenfeuer! Dra-chenfeuer!", brüllte die Menge tosend und machte mit dem klatschenden, stampfenden Rhythmus weiter.

Dakota umklammerte fest ihren Schild. Bluffte Alon, oder hatte er tatsächlich ein Ass im Ärmel?

Sie warf Dex einen Blick zu und bewunderte zum x-ten Mal seinen geschmeidigen Katzenkörper. Einen Körper, den er wieder und wieder in Gefahr gebracht hatte – für sie. Falls sie das hier überlebten...

Wenn wir es hinter uns gebracht haben, korrigierte sie sich.

Jedenfalls würde sie danach nie wieder an Liebe zweifeln. Aber vorerst...

Sie holte tief Luft und zwang sich, Alon zu folgen. Damit brach sie eine Grundregel ihrer Stuntkarriere – niemals die Kontrolle an jemanden abgeben. Schon gar nicht an jemanden, der seine Kompetenz noch nicht bewiesen hatte. Im

Augenblick jedoch hatte sie keine andere Wahl. Dafür sorgte das dicht hinter ihr nach ihr schnappende Wolfsrudel.

Sie schwang das Schwert nach den beiden vordersten Tieren, die zurückwichen.

„Bleib nah bei mir." Alon bot ihr den linken Ellbogen an. „Ich kann uns nur bedingt Platz verschaffen."

Dakota hängte sich bei ihm ein und drückte sich dicht an seine Seite. Knurrend schob Dex den Kopf zwischen sie, aber Alon schob ihn zurück.

„Ich nehme dir deine Frau schon nicht weg, Kumpel. Ich versuche nur, sie lebend da durchzubringen, okay?"

Grummelnd gab Dex nach und schlängelte sich um Dakotas freie Seite herum. Sie senkte eine Hand auf das seidige Fell seines Rückens und kam sich vor wie Dorothy mit ihren Freunden auf dem Weg nach Oz.

„Wenn ich *jetzt* sage, schließt du die Augen und hältst den Atem an. Und bleib dicht bei mir."

Dakotas Magen krampfte sich zusammen, als von rechts ein leises Raspeln ertönte. Der Drache holte tief Luft, setzte zum Feuerspeien an. Ein erschreckender Moment der Stille folgte, und einen Sekundenbruchteil später...

Wusch! Eine riesige Flamme schoss von rechts heran und übertönte den Lärm des Publikums.

„Jetzt!", brüllte Alon und riss die freie Hand hoch, um damit die Flammen abzuwehren.

Wie sich herausstellte, war es ohnehin eine instinktive Reaktion, die Augen zu schließen und den Atem anzuhalten, wenn man von Flammen erfasst zu werden drohte. Dakota biss die Zähne zusammen, als Hitze und Wind um sie herum tosten.

Nein. Kein Wind, erkannte sie. Es handelte sich um den kraftvollen Atemstoß des Drachen.

Alon wankte gegen ihre Seite, und sie stützte ihn. Was immer er tat, es funktionierte – vorerst. Sie hatte nicht vor, ihn stolpern zu lassen.

Jeder Schritt fühlte sich wie ein Waten durch Treibsand an, jeder Herzschlag wie der letzte. Dakota bohrte die Finger in Dex' dichtes Fell. Die Zeit schien sich zu verlangsamen, und ihr ging allmählich die Luft aus. Wenn sie nicht bald aus dem Drachenfeuer rauskämen...

Nach einem weiteren Schritt stolperte Alon und zog Dakota mit sich zu Boden. Sie riss die Augen auf und stieß einen wüsten Fluch aus. Gott, es war so weit. Sie würde sterben.

Das Zischen des Feuers wurde vom tobenden Jubel der Zuschauer übertönt. Dex jaulte, und irgendwie wusste Dakota, dass sie den Laut als *Beeilung!* interpretieren musste.

Sie stützte Alon und eilte weiter, weg aus der Schusslinie des Drachenfeuers. Dann stand sie schwer atmend auf und sah nach ihren Begleitern. Hatten sie es wirklich unbeschadet überstanden?

Nicht ganz. Alon zitterte und hielt sich den rechten Arm. Rauch kräuselte sich zwischen seinen Fingern hervor, und sie wagte nicht, genauer hinzusehen. Aber sie waren am Leben! Anscheinend besaßen Vampire die Fähigkeit, Drachenflammen zu widerstehen – zumindest eine Weile.

„Du hast es geschafft!", rief Dakota jubelnd.

Alon ließ ein breites Lächeln aufblitzen. „Habe ich wirklich, oder?"

Dakota ging in die Hocke und warf die Arme um Dex.

„Wir haben es geschafft! Wir haben es wirklich geschafft!"

Die Freude und Erleichterung verdoppelten sich, als sich Dex mit seiner samtenen Wange an sie schmiegte. Seine Schnurrhaare kitzelten ihre Haut, und sie kicherte. „Das fühlt sich so gut an. Ehrlich, an die Panthersache könnte ich mich glatt gewöhnen."

In mehr als einer Hinsicht, meldete sich eine leise Stimme in ihrem Hinterkopf zu Wort, als ihr einfiel, was Dex gesagt hatte.

Ein Gestaltwandler kann sich mit einem Menschen paaren. Dadurch würde auch sie zu einer Gestaltwandlerin.

Je mehr sie darüber nachdachte, desto besser gefiel ihr die Vorstellung. Aber zuerst mussten sie weg aus diesem Höllenloch.

Sie richtete sich auf und grinste über den Jubel der Menge. „Mal sehen – will ich die Luxuswohnung in den Scarlet Towers oder eine Million Dollar?"

Natürlich scherzte sie. Alon hingegen wirkte todernst. „Selbst ich weiß, dass man den Tag nicht vor dem Abend loben soll."

Dakota runzelte die Stirn. „Was meinst du damit? Der Arenasprecher hat doch gesagt..."

Alon warf ihr einen Blick zu, der sie abrupt verstummen ließ. Mist. Er hatte recht. Nur weil Schiller etwas versprach, hieß das noch lange nicht, dass er es auch einlösen würde.

In dem Moment ergriff der Ansager wieder das Wort.

„Was für eine Show, meine Damen und Herren. Was für eine Show! Für unsere Kandidaten verbleibt nur noch eine letzte Hürde. Etwas, wobei garantiert Blut fließen wird."

Alle jubelten, und Dakota ließ die Schultern hängen. Natürlich hatte Schiller nicht vor, sie lebend davonkommen zu lassen. Wie hatte sie nur so naiv sein können?

Dex schlich bedrohlich auf die VIP-Loge zu und knurrte, doch Schiller winkte nur.

Verstehst du denn nicht, du Narr? besagte der hochmütige Gesichtsausdruck des Vampirs. *Ich gewinne. Ich gewinne immer. Und du verlierst.*

Dakota holte mit dem Schwertarm aus und schätzte die Entfernung ab. In *Die Harten und die Smarten* hatte sie ein Schwert rotierend durch die Luft geschleudert und einen der Schurken damit an eine Wand genagelt – eine grausige Szene, die das Publikum begeistert hatte. Sie hatte den Bewegungsablauf so oft geübt, dass sie ihn im Schlaf ausführen könnte. Allerdings wog dieses Schwert doppelt so viel wie das Requisit in Hollywood, und Schiller befand sich doppelt so weit entfernt.

Außerdem öffneten sich in dem Moment auf allen Seiten der Arena Türen, und eine Horde von Gladiatoren stürmte herein. Mindestens zehn, dazu einige Wölfe, die markerschütterndes Geheul anstimmten. Schlimmer noch – die Zierstatuen der Arena erwachten zum Leben. Aus dem soliden Stein wurde ein Dutzend Wasserspeier, alle bereit, sich auf sie zu stürzen.

Das Publikum zeigte sich genauso begeistert, wie der Ansager klang. „Geschichtsinteressierte können in ihren Programmen alle Einzelheiten über unsere Gladiatoren nachlesen, von den Thrakern über die Retiarii bis hin zu den Samniten und mehr!"

Dakota bewegte den Unterkiefer hin und her und versuchte, ihre Nerven zu beruhigen. Aber verflucht. Dem Tod ins Auge zu blicken, war schwierig, besonders in einer Arena voller blutrünstiger Fans, die ihn anfeuerten. Ebenso gut hätte Schiller als Sensenmänner verkleidete Kämpfer ins Gefecht werfen können.

„Stellt euch Rücken an Rücken", befahl Dakota den anderen, während sie nach einer Fluchtmöglichkeit Ausschau hielt. Vielleicht eine Falltür im Boden der Arena? Eine Leiter, die von einem gerade noch rechtzeitig auftauchenden Hubschrauber herabbaumelte?

Schade, dass es sich dabei um Stunts aus Filmen handelte und sie sich in der Wirklichkeit befanden.

Dex und Alon rückten näher. Sie drehten sich gemeinsam, während die Gladiatoren anrückten. Klingen funkelten im Scheinwerferlicht, die Wölfe heulten nach Blut. Dakota schlug mit dem Schwert gegen ihren Schild und weigerte sich, Angst zu zeigen. Aber innerlich... drehte sich ihr der Magen um. Es war so weit. Das Ende nahte.

Dann drehte Dex abrupt den Kopf und starrte zu einem bestimmten Abschnitt des Publikums.

Dakota folgte seinem Blick und entdeckte einen Mann, der in Richtung der Arena rannte. „Was denn jetzt?"

Dex ließ ein leises, hoffnungsvoll klingendes Schnauben vernehmen. Warum?

Der Mann stürmte die Tribünenstufen drei auf einmal nehmend herab und warf unterwegs seinen Mantel ab. Dann verwandelte er sich mitten im Schritt in Wolfsgestalt und sprang in die Arena.

Alon schüttelte verbittert den Kopf. „Als wären die Gladiatoren noch nicht genug..."

Ein anderer Mann folgte dem Beispiel des ersten auf der gegenüberliegenden Seite. Er stürmte an, pflügte an zwei Wachleuten vorbei und in die Arena. Gleichzeitig verwandelte er sich in einen Bären.

Dakotas Knie schlotterten, als der Wolf und der Bär an den Gladiatoren vorbei direkt auf sie zukamen. Doch im letzten Moment wirbelten die Tiere herum und knurrten die umstehenden Männer an.

Dex gab einen seltsamen Laut von sich. Sie hätte schwören können, dass er vermittelte: *Oh Junge, bin ich froh, euch zu sehen.* Was ging bloß vor sich?

Gleich darauf brach die Hölle los. Wasserspeier schwebten über sie hinweg, während Schwerter schwangen und Tiere knurrten. Dakota sah sich zwei mit Dreizacken bewaffneten Gladiatoren gegenüber.

„Verdammte Retiarii", murmelte sie und wehrte sie mit ihrem Schild ab.

„Hilfe!", brüllte Alon, als ihm ein Wolf an die Kehle wollte.

Dakota hieb dem Vieh mit dem Schwert aufs Hinterteil, bevor sie sich blitzschnell wieder den Gladiatoren zuwandte.

Hinter ihnen griff Dex einen weiteren Feind an. Der Wolf und der Bär von der Tribüne kämpften genauso wild mit und halfen Dex. Wer sie waren, wusste Dakota nicht. Aber egal. Sie würde jede Hilfe annehmen, die sie kriegen konnte.

Trotzdem war es ein chaotisches Handgemenge, und sie steckte mittendrin. Dakota packte jeden Trick aus, den sie kannte, und kämpfte um ihr Leben. Und tatsächlich lief es dabei verdammt gut. Aber für jeden Gladiator, den sie wegstieß, und für jede wilde Bestie, der sie auswich, drängten zwei andere nach. Es war nur eine Frage der Zeit, bis sie der erdrückenden Überzahl der Gegner unterliegen würde.

Als ein Schwert ihren Oberarm ritzte, schrie sie auf. Der nächste Gladiator schlug ihren Schild zur Seite und verrenkte ihr das Handgelenk. Dex knurrte und versuchte, sich näher zu ihr zu kämpfen, doch ein anderer Gladiator versperrte ihm den Weg.

„Hilfe!", rief Alon.

Dakota wirbelte herum und trat nach dem Wolf, der ihn am Boden festhielt. Dann zog sie Alon auf die Beine und...

„Oh!" Er zeigte hinter sie.

Sie zuckte zusammen, überzeugt davon, dass ein Gladiator dazu ansetzte, sie mit seinem Schwert zu durchbohren. Doch als sie sich umdrehte, erblickte sie eine Frau, die durch das Meer der Zuschauer rannte und brüllte: „Schiller, du Lügner! Du betrügst!"

Dakota ließ den Blick über die Menge wandern. Wer war das?

Sogar die Gladiatoren drehten sich um und starrten auf die Frau, die zum obersten Rang der Tribüne stürmte und dort die Arme ausbreitete. Ein Schimmer erschien um ihren Körper, und das Publikum schnappte kollektiv nach Luft.

„Das gehört alles zur Show, meine Damen und Herren. Gehört alles zur Show", behauptete der Ansager nicht besonders überzeugend.

Drei Sicherheitsleute stürmten auf die Frau zu, aber sie schloss nur die Augen, neigte das Kinn nach oben und winkelte die Knie an.

„Oh mein Gott, sie wird springen!", schrie jemand.

Wie sich herausstellte, wurde daraus eher ein Sturzflug. Oder besser gesagt ein Gleiten. Eigentlich...

Dakota starrte hin. Ein Flug? Und plötzlich war die Frau keine Frau mehr. Sondern ein Drache, der über der Arena schwebte.

Verwirrte Rufe brachen unter den Zuschauern aus. Der Wolf, der sich ihnen am nächsten befand – der dunkle, der mit Dex befreundet zu sein schien –, kläffte stolz und wedelte mit dem Schwanz. Die Gladiatoren hoben entweder verteidigend ihre Waffen an oder zogen sich in Richtung der Eingänge der Arena zurück.

„Schnappt sie euch, ihr Feiglinge!", rief Schiller von seinem VIP-Sitz. Dann duckte er sich, ging in Deckung, als der Drache eine drei Meter lange Flamme in seine Richtung spie.

Dakota starrte hin. Was ging hier vor sich?

„Wow. Die besten Spezialeffekte, die ich je gesehen habe", sage in der Nähe ein staunender Zuschauer.

Dakota schluckte. Wenn er nur wüsste.

„Meine Damen und Herren...", begann der Ansager. Dann jedoch ertönte hinter ihm ein Krachen, und seine nächsten Worte richteten sich an jemand anderen. „Sie dürfen hier nicht rein, Miss. Das ist verboten."

„Ich zeige dir gleich, was verboten ist, du Armleuchter", erwiderte knurrend eine Frau im Hintergrund.

Dann brach ein Gerangel aus, und die Zuschauer spähten erschrocken nach oben. Schließlich schnappte sich jemand das Mikrofon, und eine Frauenstimme dröhnte durch die Arena.

„Meine Damen und Herren, hier spricht Officer Proulx von der Brandschutzbehörde Las Vegas."

Dakota runzelte die Stirn. Brandschutzbehörde?

„Wir bedauern, Ihnen mitteilen zu müssen, dass wir eine Brandgefahr entdeckt haben", fuhr die Frau fort.

Dakota starrte zum Drachen, der über ihr kreiste. Grinste das Tier etwa?

„Ich wiederhole, Brandgefahr", rief die Frau ins Mikrofon. „Alle Anwesenden müssen den Bereich sofort gesittet verlassen. Und verfallen Sie unter keinen Umständen in Panik."

Durch die Betonung auf *Panik* bewirkte sie, dass die Hälfte der Menge genau davon übermannt wurde.

„Oh, und vergessen Sie nicht, auf dem Weg nach draußen Ihre Gewinne abzuholen", fügte die Frau belustigt hinzu. „Die Manager des *Scarlet Palace* haben uns versichert, Sie werden jede Forderung anerkennen und den Preis für sämtliche Eintrittskarten vollständig zurückerstatten."

„*Was* zurückerstatten?", entfuhr es Schiller schrill. Der Drache wandte sich ihm wieder zu, und er ging abermals in Deckung.

„Bis dann allerseits, und einen schönen Tag noch", kam von der neuen Ansagerin.

Dakota beobachtete verdutzt, wie die Zuschauer hektisch zu den Ausgängen strömten. Ein kahler, korpulenter Mann hingegen schlenderte gemächlich und warf Dex ein verschmitztes Lächeln zu. War das Bob?

Alon ergriff ihren Ellbogen und führte sie zu einem Nebeneingang. „Ich denke, das ist unser Stichwort, die Bühne zu verlassen." Er winkte den Gladiatoren zu, die sich am Torbogen drängten. „Aus dem Weg, sage ich. Aus dem Weg! Kriegerprinzessin im Anmarsch."

Zum ersten Mal überhaupt fühlte sich Dakota auch so – vor allem, als die Gladiatoren tatsächlich zur Seite eilten. Natürlich schadete es nicht, drei Raubtiere an der Seite zu haben – einen Panther, einen Wolf und einen Bären. Ganz zu schweigen von einem Drachen, der sich von hinten in den beengten Raum drängte. Jede lebende Seele floh und überließ Dakota und ihren Verbündeten den breiten Korridor. Heiße Luft kam von hinten, als der Drache die Flügel geziert anlegte, sich in menschliche Gestalt verwandelte und sich eine Robe aus dem Bereich der Gladiatoren schnappte.

„Hi. Ich bin Kaya. Und das ist Trey." Grinsend zeigte die Frau auf den Wolf, bevor sie die Hand ausstreckte. „Freut mich, dich kennenzulernen."

Dakota schüttelte ihr ein bisschen ehrfürchtig die Hand. „Gleichfalls."

Alon rieb sich freudig die Hände und deutete auf einen Nebengang. „Tja, ich bin dann mal weg. Ich muss eine Wette einlösen. War schön, mit dir zu arbeiten."

Dakota brachte ein knappes Winken zustande. Dex drängte nach wie vor in Panthergestalt gegen ihre Beine und lenkte sie in eine andere Richtung. Oha. Hatte sie sich wirklich gerade von einem Vampir verabschiedet? Und handelte es sich bei der Kavallerie, die ihr zu Hilfe gekommen war, tatsächlich um drei Gestaltwandler?

„Das ist Tanner." Kaya zeigte auf den Bären. „Und oben in der Sprecherkabine ist meine Schwester Karen."

Dakota blinzelte. „Deine Schwester?"

Kaya grinste. „Ich erkläre noch alles, versprochen. Aber verschwinden wir erst mal von hier. Allerdings mit einem kurzen Zwischenstopp zum Abholen unserer Wettgewinne."

Kapitel 14

Eine Woche später...

Dakota saß auf der obersten Stufe der Hütte und betrachtete die Wind River Mountains. Seit dem Kampf im *Scarlet Palace* war eine Woche vergangen, aber erst jetzt fing sie an, freier zu atmen. Dex befand sich an ihrer Seite und stupste sie zärtlich mit der Schulter.

„Keine üble Aussicht, was?"

Sie setzte ein breites Lächeln auf. „Eindeutig besser als Las Vegas."

Er grinste genauso strahlend wie sie. „Alles hier ist besser als in Vegas. Natürlich könnte die Hütte noch ein paar Verbesserungen vertragen..."

Er deutete über die Schulter zu dem Gebäude mit dem Schrägdach, einem von mehreren auf der Flying Aces Ranch.

Sie lachte. Ja, das Blockhaus war definitiv renovierungsbedürftig. Aber der Steinkamin und die Zedernholzbalken waren fantastisch, ganz zu schweigen von der Aussicht. Abgesehen davon schätzte sie sich immer noch unheimlich glücklich mit allem, vom Überleben der Kampfgruben im *Scarlet Palace* bis hin zu dieser Chance – der Einladung, in Wyoming zu leben und zu arbeiten. Ein wunderschöner Ort mit großartigen Menschen – angefangen bei den Besitzern der Ranch.

„Muss wirklich einiges repariert werden", pflichtete sie Dex bei. „Aber das wird lustig. Unser eigenes Haus..."

Und schon erlebte sie wieder einen dieser Augenblicke, bei denen sie das Gefühl hatte, sich kneifen zu müssen, um sich zu vergewissern, dass sie nicht träumte.

Kaya, die Drachengestaltwandlerin, kam um die Ecke geschlendert – Gott sei Dank in menschlicher Gestalt. „Das Essen ist fertig. Seid ihr so weit?"

Dex sprang praktisch auf. „Ja, Ma'am."

Dakota folgte ihm kichernd. Dex war den Großteil der vergangenen Nacht in Panthergestalt durch den Wald gestreift und hatte danach den Großteil des Tags gedöst. Dazwischen hatte er sie langsam und zärtlich in der gemütlichen kleinen Blockhütte geliebt, die man ihnen zugeteilt hatte und die etwas abseits der anderen Gebäude der Ranch lag.

Die winzige Narbe an ihrem Hals kribbelte und erwärmte sich. Sie kennzeichnete die Stelle, an der Dex seinen Paarungsbiss platziert hatte. Bald würde auch sie sich in Panthergestalt verwandeln können, und sie konnte es kaum erwarten. Laut Dex konnte es bis dahin nur wenige Tage oder auch ein paar Wochen dauern, und sie freute sich schon darauf, es selbst zu erleben. Aber vorerst...

Eine Stimme knurrte in ihrem Hinterkopf. *Essen. Brauche Essen.*

Sie hatte sich zwar noch nicht verwandelt, aber ihre Pantherseite kam allmählich auf subtilere Weise zum Vorschein.

„Schön, oder?" Kaya deutete auf die Berge.

„Atemberaubend", pflichtete Dakota ihr bei. „Und das hat alles deinem Großvater gehört?"

Kaya nickte. „Alle dreitausend Morgen, nur hat seit Jahren niemand die Ranch bewirtschaftet. Deshalb sind wir so froh, dass wir eure Hilfe haben."

Mit *wir* meinte Kaya ihre Schwester Karen, die halb Drachendame, halb Hexe war und die Ranch zusammen mit ihr geerbt hatte. Bei ihnen lebten auch ihre Gefährten – Trey, ein Wolfsgestaltwandler, und Tanner, der Bär, der die Kette von Ereignissen ausgelöst hatte, durch die Dakota und Dex letztlich bei ihrem Neubeginn in Wyoming gelandet waren. Dex hatte Dakota die ganze Geschichte erklärt. Kaya und Karen hatten über die vergangenen Abende verteilt an knisternden Lagerfeuern die Einzelheiten ergänzt – Abende voller Gelächter, Geplauder und freundschaftlichem Geplänkel.

Ich hätte nie gedacht, dass ich meinem Gefährten in einem Casino begegnen würde, aber so war es, hatte Kaya, die Drachendame, schmunzelnd gesagt und Trey in eine Umarmung gezogen.

Und Mann, in was für Ärger wir zusammen geraten sind, hatte Trey halb seufzend, halb lachend hinzugefügt. *Aber hey: Wir sind wieder rausgekommen, oder?*

Mein Ärger hat mit dem Diebstahl eines Diamanten begonnen. Karen hatte gelacht. *Vielleicht nicht mein bester Plan...*

Plan? Was für ein Plan? Tanner hatte geseufzt.

Karen hatte ihm verspielt gegen den muskulösen Arm geklatscht. *Ist doch alles gut ausgegangen, oder?*

Dakota grinste. Es hatte Zeiten gegeben, da hatte sie Tanner dafür verflucht, dass er Dex in einen Plan verwickelt hatte, um Geld vom *Scarlet Palace* abzugreifen. Mittlerweile jedoch, da sie das volle Ausmaß von Schillers Bösartigkeit am eigenen Leib erfahren hatte, verstand sie, wie gerechtfertigt es war.

Außerdem trug Tanner keine Schuld daran. Das Schicksal hatte jedes der Paare durch eigene Irrungen und Wirrungen geführt, bis sie am Ende alle an diesem wunderbaren Ort ihr Glück gefunden hatten.

Dakota ließ ein glückliches Seufzen vernehmen. Ein großartiger Ort, großartige Menschen – äh, Gestaltwandler – und ein großartiger neuer Job.

„Ich kann's kaum erwarten, mich an die Arbeit zu machen", sagte sie zu Kaya. „Und Thunder auch."

Sie zeigte auf eine hübsche, in einer nahen Koppel grasende Stute – ein Rotschimmel, ihre Lieblingsfarbe. Und ja, ihr eigenes Pferd, gekauft mit ihrem eigenen Geld. Ein weiterer wahrgewordener Traum. Die Leute auf der benachbarten Ranch mochten das Potenzial des Tiers nicht erkannt haben, Dakota hingegen schon.

Kaya grinste. „Am Montag geht es los. Ihr habt noch ein ganzes Wochenende."

„Eigentlich hätte ich nichts dagegen..."

Kaya schüttelte den Kopf. „Als Trey und ich aus Las Vegas hier eingetroffen sind, haben wir ein bisschen Zeit gebraucht, um uns zu akklimatisieren. Ich denke, das könnte dir und Dex auch nicht schaden." Dann zwinkerte sie. „Außerdem bin ich sicher, ihr findet angenehme Möglichkeiten, euch während der nächsten zwei Tage die Zeit zu vertreiben."

Dakota verkniff sich ein Grinsen, während die Stimme in ihm brummte. *Oh, davon bin ich auch überzeugt.*

Ihre Wangen röteten sich, als sie sich an Dex schmiegte. Schon verrückt, was für animalische Instinkte er in ihr auslöste.

Gleichzeitig freute sie sich aufrichtig auf ihre neuen Aufgaben als leitendes Cowgirl der Flying Aces Ranch. Ihr Traumjob – die meiste Zeit würde sie im Freien und im Sattel damit verbringen, Rinder zu hüten oder Pferde abzurichten. Keine Stuntarbeit und hoffentlich auch keine Vampire mehr. Nie wieder.

In der Zwischenzeit würde Dex in seiner Panthergestalt in schwer zugänglichem Gebiet verirrte Rinder einsammeln. Außerdem würde er Tanner bei seinem neuen Geschäft mit Altholz helfen.

Dakota atmete tief durch. Es war perfekt – alles miteinander. Und so friedlich. Pferde grasten ruhig auf einer nahen Koppel, ein Gebirgsbach gurgelte neben dem gewundenen Pfad. Espenblätter raschelten sanft, ein goldener Schein läutete den Ausklang eines weiteren wunderschönen Tags ein.

Perfekter hätte es kaum sein können – wurde es aber durch den Duft von brutzelnden Steaks, der sie vorwärts lockte.

„Perfektes Timing." Karen winkte, als sie sich der Terrasse neben ihrem Haus näherten. „Tanner sagt, die Steaks sind fertig."

„Fast fertig", korrigierte der Bärengestaltwandler und hob die Hand zum Gruß.

Dakota ergänzte die bereits am Tisch stehenden Beilagen um einen Kartoffelsalat, und Trey bot Getränke an.

„IPA von der Bitterroot Brauerei. Ist das für alle in Ordnung? Empfohlen von den Freunden meines Cousins – den Bärengestaltwandlern, die den *Blue Moon Saloon* betreiben."

Kaya schmunzelte. „Trey und ich haben seinen Cousin auf der Twin Moon Ranch besucht, und er hat uns in den Saloon geschickt. Ist wirklich toll dort."

Dakota verbarg ein Lächeln. Bärengestaltwandler, die einen Saloon betrieben? Wolfsgestaltwandler, die eine riesige Ranch bewirtschafteten? Dex hatte ihr eine völlig neue Welt erschlossen, von der sie nichts geahnt hatte, und sie konnte es kaum erwarten, all diese Orte mit eigenen Augen zu sehen. Vielleicht eines Tages, wenn sich alles eingependelt hätte...

So reizvoll sie den Gedanken fand, sie hob ihn sich für einen anderen Tag auf. Vorerst gab es in der Umgebung genug zu entdecken.

Angefangen bei den Steaks, brummte ihr inneres Tier.

Das Abendessen erwies sich als köstlich, und durch die gute Gesellschaft verflog die Zeit nur so. Die Sonne ging unter, die Sterne kamen zum Vorschein und bildeten eine grandiose Kulisse für die knisternden Flammen, die Tanner in der Feuerstelle im Freien entfachte.

„Wow. Das ist perfekt." Dakota griff nach Dex' Hand. „Statt Neonlichtern haben wir Sterne. Und statt hupendem Verkehr die Grillen." Sie schloss die Augen und lauschte. „Ganz zu schweigen von der angenehmen Temperatur..."

„Im Sommer ist es hier perfekt. Aber im Winter..." Karen seufzte. „Na ja, auch der Winter ist wunderschön. Eigentlich muss man sich nur durch die schlammige Saison kämpfen."

„Du willst doch nicht etwa zurück nach Vegas, oder?", scherzte Trey.

Karen schnaubte. „Nie wieder. Hier ist alles, was ich brauche." Sie lehnte sich an Tanners breite Schulter. Gleich darauf fuchtelte sie aufgeregt mit den Händen und sprang auf. „Oh, dabei fällt mir etwas ein. Habt ihr das schon gehört?"

Sie ging zur Veranda hinüber, griff sich ein Tablet und scrollte darauf. „Aus der heutigen Ausgabe des *Las Vegas Review-Journal...*" Sie räusperte sich und begann zu lesen. „*Besitzer des* Westend Casinos *kündigen Renovierung einer Schießanlage in Las Vegas an.*"

Alle jubelten, und Dakota streckte verhalten die Faust in die Luft. Ja, sie hatte endlich einen Käufer für ihren Anteil an *Hot Shots* gefunden. Was für eine Erleichterung, diese Bürde los zu sein – und das Geld dafür auf dem Konto zu haben.

„*Westend Casino?*" Kaya beugte sich für einen Blick vor.

„So ist es." Trey seufzte. Als Dakota fragend den Kopf schieflegte, klärte er sie auf. „Das *Westend Casino* gehört dem Westend Wolfsrudel. Dem haben wir vor nicht allzu langer Zeit einen unfreiwilligen Besuch abgestattet…"

Er bedachte Kaya mit einem schiefen Lächeln, und sie verdrehte die Augen. „Erinnere mich bloß nicht daran."

„Noch mehr Gestaltwandler?", fragte Dakota.

„Was soll ich sagen? Las Vegas ist voll davon. Und die sind nicht besonders freundlich."

„Ich bin einfach nur froh, dass ich den Schießstand los bin", sagte Dakota. „Und wer weiß? Vielleicht finde ich hier in der Nähe eine eigene Ranch, in die ich das Geld investieren kann."

„Lass uns bloß nicht im Stich", warf Kaya ein. „Wir brauchen dich."

Dakota lachte. „Ich gehe nirgendwohin, glaub mir."

„Das war aus dem Wirtschaftsteil." Karen las weiter. „Hier ist ein Artikel von der Titelseite. Bereit?"

Als alle nickten, legte sie los.

„*Alles neu bei Scarlet Enterprises: Neue Investoren, neue Vorstandsmitglieder, neues Management. Neue Richtung?*" Ihre Augen funkelten. „Das ist die Schlagzeile. Seht euch das Bild an. Erkennt ihr darauf jemanden?"

Sie drehte das Gerät um und blendete die Bilder der Titelseite nebeneinander ein.

Dakota stöhnte. „Igor Schiller? Und oha. Ist das Alon?"

„Im schicken Anzug hätte ich ihn fast nicht erkannt", murmelte Dex.

Karen grinste und las weiter. „*Laut neuester Pressemitteilung begrüßt Scarlet Enterprises sein neuestes Vorstandsmitglied: den veganen Aktivisten Alon Edgar. ‚Wir freuen uns, dass Mr. Edgar und sein visionäres Team das* Scarlet Palace *durch eine aufregende neue Entwicklungsphase führen werden', sagte Sprecherin Mandy Sangre.*"

Kaya lachte schallend. „Igor sieht nicht erfreut aus."

Karens Grinsen wurde breiter. „Das ist der beste Teil. *Igor Schiller, langjähriger CEO, hat seinen Umzug in seinen Geburtsort in der rumänischen Region Transsilvanien angekündigt. ‚Es ist längst überfällig, zu meinen Wurzeln zurückzukehren und mehr Zeit mit meiner Familie zu verbringen', soll Mr. Schiller dazu gesagt haben.* " Karen schnaubte. „Ja, genau. "

Alle lachten, und Dex rieb sich nachdenklich das Kinn. „Woher hatte Alon das Geld, um eine Mehrheitsbeteiligung an *Scarlet Enterprises* zu kaufen? "

Tanner schnaubte. „Ja, das frage ich mich auch. Vielleicht eine gut platzierte Wette? "

„Könnte sein ", murmelte Dex.

Dakota verbarg ein Grinsen. Mit Hilfe von Bob, dem Igelgestaltwandler, hatten Dex und sie Wetten auf ihren Kampf abgeschlossen, weil sie fanden, sie hätten nichts zu verlieren. Dakota hatte ihre gesamten Ersparnisse gesetzt, Dex die Million Dollar, die er zur Seite gelegt hatte. Beide hatten ihr Geld verdoppelt. Zum Glück hatten die Buchmacher im *Scarlet Palace* sie ausbezahlt, auch wenn Schiller ihnen die zusätzliche Million Dollar Preisgeld verweigert hatte.

Keine Überraschung, hatte Dex auf dem Weg aus Las Vegas gebrummelt.

Trotzdem hatten sie mehr als genug, fand Dakota. Dex allein hatte zwei Millionen – die Hälfte hatte er entschieden, zu behalten, die andere Hälfte spendete er der Stiftung *Rettung der Panther in Florida.* Natürlich musste Alon noch viel mehr gesetzt haben, um einen so riesigen Gewinn abzustauben, dass er Schiller in den Ruin treiben und sich bei Scarlet Enterprises einkaufen konnte.

„Es kommt noch besser. " Karen schmunzelte. „*In einer separaten Pressemitteilung erklärte Alon Edgar: ,Das* Scarlet Palace *ist immer ein Paradebeispiel für Innovation und Kundenservice gewesen. Mein Team und ich werden diese Tradition lediglich in einer neuen Richtung weiterführen. Während wir weiterhin großartige Unterhaltungserlebnisse bieten, führen wir vollkommen vegane und biologisch hochwertige Speisekarten ein. Außerdem setzen wir zu hundert Prozent auf Solarstrom und nachhaltige Geschäftspraktiken. Unseren Kunden liegt der Planet am Herzen, und uns auch. Meine Damen und Herren, die Zukunft von Las Vegas hat begonnen!'* "

Karen endete mit einer schwungvollen Verbeugung, und alle lachten.

„Glaubt ihr, das wird ein Erfolg?", fragte Trey.

Dakota zuckte mit den Schultern. „Könnte schon sein."

„Wirklich wichtig ist nur, dass Schiller und seine blutsaugenden Vampire aus dem Geschäft gedrängt sind", merkte Kaya an.

Dex nickte. „Von Bob habe ich zuletzt gehört, dass sie die Kampfgruben in ein Luxus-Spa umbauen wollen."

Wieder lachten alle, und Kaya fuhr fort. „Also keine Kampfgruben mehr, keine Blutorgien, keine Festessen." Das letzte Wort setzte sie mit den Fingern in Anführungszeichen. „Das ist keinem von uns gelungen – weder mir noch Trey, Karen oder Tanner." Sie zeigte auf Dex und Dakota. „Die Welt weiß es vielleicht nicht, aber das hat sie euch zu verdanken."

Dakota hob die Hände. „Alon hat sie es zu verdanken. Und euch – euch allen –, weil ihr uns da lebend rausgeholt habt."

Karen grinste. „Ich denke, uns steht allen ein bisschen Anerkennung dafür zu. Bereit für einen Trinkspruch?"

Sie hob die Bierflasche. Alle folgten ihrem Beispiel.

„Auf sojaliebende Vampire. Auf die Flying Aces Ranch. Auf ein friedliches, glückliches Leben weit weg von Las Vegas."

Kaya erhob das Glas und übernahm. „Auf die nächste Generation von Proulxs für die Ranch. Und wer weiß?" Sie zwinkerte Trey zu. „Vielleicht kommt bald eine neue Generation dazu."

Dakota lächelte. Dem Leuchten in Kayas Augen nach zu urteilen, lagen Babys für Kaya und Trey nicht allzu weit in der Zukunft. Auch Karen und Tanner wechselten einen verstohlenen Blick. Und Dex...

Er legte Dakota den Arm um die Schultern und küsste ihr Ohr. „Eines Tages, ja. Aber zuerst..."

Ihr Geist füllte sich mit sinnlichen, direkt von ihm übermittelten Bildern.

„Zuerst viel Übung, richtig?", flüsterte sie.

Er grinste. „Das und die Renovierung unserer Blockhütte. Eingewöhnung in unsere neuen Jobs. Die Suche nach eigenem

Besitz in der Gegend. Außerdem musst du Thunder abrichten und..."

An der Stelle unterbrach sie ihn. „Schon gut, Botschaft angekommen. Vorerst haben wir reichlich zu tun. Aber eines Tages..."

Dex seufzte und schmiegte sich näher. „Eins nach dem anderen, okay? Im Augenblick genieße ich noch die Gegenwart, meine Gefährtin."

Sneak Peek: Prickelndes Wagnis

Die Liebe ist ein Abenteuer und in diesen Büchern geht es auf dem Weg dorthin so richtig zur Sache.

Das Letzte, was Julie Steffens nach einer Forschungsreise in den mittelamerikanischen Dschungel gebrauchen kann, ist eine Bande bewaffneter Söldner, die sie für ein Verbrechen verfolgt, das sie nicht begangen hat. Und der letzte Retter, den sie sich wünscht, ist Seb Cooper, die prickelnde Urlaubsliebe, die zwei Monate zuvor aus ihrem Bett verschwunden ist. Aber im Moment braucht sie einen Ausweg – und das ist Sebs Segelboot. Was ist schon dabei, wenn der Mann küsst wie ein Pirat, der gerade erst in den Hafen eingelaufen ist? Es geht nicht um Versuchung. Es geht ums Überleben.

Sebastian „Seb" Cooper hat das gesellschaftliche Hamsterrad gegen ein langsames Leben eingetauscht – auf der Kriechspur. Er denkt dabei an Hängematten, Strandbars und Siestas. Doch als Julie – die unaufhaltsame, unvergessliche Julie – auf ihrem alten, ramponierten Motorrad in sein Leben zurückkehrt, folgt ein Abenteuer dem nächsten. Das Einzige, dessen er sich sicher sein kann, sind seine Gefühle für sie – aber das wird sie beide nicht vor einem mittelamerikanischen Gefängnis bewahren. Action ist gefragt, aber es ist nicht so einfach, wie in den Sonnenuntergang zu segeln. Nicht, wenn ihnen die falsche Seite des Gesetzes auf den Fersen ist.

Als Action-Abenteuer-Liebesromane sind diese Bücher ein wenig anders als Annas sonstigen Geschichten. Hier gibt es keine Gestaltwandler, sondern „nur" heißblütige Helden und Heldinnen an exotischen, aufregenden Orten in der Karibik. Die Liebe ist immer ein Abenteuer und in diesen Büchern geht es auf dem Weg dorthin so richtig zur Sache. Es gibt aber auch

*stille Momente, Bedauern, Hoffnungen und zweite Chancen...
Ganz zu schweigen von leidenschaftlichen Liebesszenen.*

Weitere Titel von Anna Lowe

Gestaltwandler in Vegas

Wolfspoker

Bärenpoker

Pantherpoker

Drachenpoker

Aloha Shifters - Juwelen des Herzens

Der Ruf des Drachen (Buch 1)

Der Ruf des Wolfes (Buch 2)

Der Ruf des Bären (Buch 3)

Der Ruf des Tigers (Buch 4)

Die Verlockung des Drachen (Buch 5)

Der Ruf des Fuchses (Buch 6)

Aloha Shifters - Perlen des Verlangens

Drachenrebell (Buch 1)

Bärenrebell (Buch 2)

Löwenrebell (Buch 3)

Wolfsrebell (Buch 4)

Rebellenherz (Buch 5)

Alpharebell (Buch 6)

Töchter des Feuers - Billionaires & Bodyguards

Töchter des Feuers: Paris (Buch 1)

Töchter des Feuers: London (Buch 2)

Töchter des Feuers: Rom (Buch 3)

Töchter des Feuers: Portugal (Buch 4)

Töchter des Feuers: Irland (Buch 5)

Töchter des Feuers: Schottland (Buch 6)

Töchter des Feuers: Venedig (Buch 7)

Töchter des Feuers: Griechenland (Buch 8)

Töchter des Feuers: Schweiz (Buch 9)

Die Wölfe der Twin Moon Ranch

Verlockung des Jägers (Buch 1)

Verlockung des Wolfes (Buch 2)

Verlockung des Mondes (Buch $2\frac{1}{2}$ – Vier Kurzgeschichten)

Verlockung des Alphas (Buch 3)

Verlockung der Wölfin (Buch 4)

Verlockung des Herzens (Buch 5)

Weihnachtsverlockung (Buch 6)

Verlockung der Rose (Buch 7)

Verlockung des Rebellen (Buch 8)

Verlockende Begierde (Buch 9)

Die Bären des Blue Moon Saloons

Perfekte Gefährten (die Vorgeschichte)

Verlangen des Bären (Buch 1)

Verlangen des Wolfes (Buch 2)

Verlangen des Alphas (Buch 3)

Verlangen des Gefährten (Buch 4)

Verlangen der Wölfin (Buch 5)

Süßes Verlangen (ein Festtagsschmaus)

Karibische Abenteuerromantik

Funken der Lust

Prickelndes Wagnis

Süße Verstrickung

Verlockende Tiefe

Sinnliche Strömung

Travel Romance

Im englischen Original bei Amazon erhältlich.

Veiled Fantasies

Island Fantasies

www.annalowe.de

Über Anna Lowe

USA Today und Amazon Bestseller Autorin Anna Lowe schreibt fesselnde Romane mit tatkräftigen Heldinnen und unwiderstehlichen Helden in exotischen Umgebung, mit jeder Menge Zündstoff für scharfe Romantik.

Sie liebt Hunde, Sport und Reisen, die auch die Inspiration für Ihre Bücher liefern. Wenn Anna nicht gerade in die Arbeit an ihrem nächsten Buch vertieft ist, kannst Du Sie am Wochenende beim Wandern in den Bergen antreffen. Egal wo und wie – sie wird den Tag mit einem leckeren Stück Zartbitterschokolade ausklingen lassen.

Einfach mal vorbeischauen, auf **www.annalowe.de**.